中国文学名家小小说精选丛书

别了，羊儿洼

相裕亭 著

江西高校出版社

JIANGXI UNIVERSITIES AND COLLEGES PRESS

南 昌

图书在版编目（CIP）数据

别了，羊儿洼 / 相裕亭著 . -- 南昌 : 江西高校出

版社 , 2025.6. --（中国文学名家小小说精选丛书）.

ISBN 978-7-5762-5605-5

Ⅰ . I247.82

中国国家版本馆 CIP 数据核字第 2024JW7045 号

责 任 编 辑　秦　晟
装 帧 设 计　夏梓郡

出 版 发 行　江西高校出版社
社　　　　址　江西省南昌市新建区工业二路 508 号
邮 政 编 码　330100
总 编 室 电 话　0791-88504319
销 售 电 话　0791-88505090
网　　　　址　www.juacp.com
印　　　　刷　鸿鹄（唐山）印务有限公司
经　　　　销　全国新华书店
开　　　　本　650 mm×920 mm　1/16
印　　　　张　13
字　　　　数　160 千字
版　　　　次　2025 年 6 月第 1 版
印　　　　次　2025 年 6 月第 1 次印刷
书　　　　号　ISBN 978-7-5762-5605-5
定　　　　价　58.00 元

赣版权登字 –07-2024-983

CONTENTS
目　录

别了，羊儿洼

◀ 韩队长

刚出校门，没有理由不到偏僻的羊儿洼油田去实习。

那里，是石油部下属的下属，一个基层的不能再基层的采油小队。队长姓韩，二十八九岁，瘦高个儿，很黑。刚来几天，我就发现队上的人都怕他、恨他。但他对我却十分友好，他让我喊他老韩，别什么队长不队长的。我到队上报到的那天午后，他当着我的面，把保管员叫到队部落实我的生活起居问题："大学生的床，领来没有？"

"领来了。"

"领来就发给他。"

保管员背着个画了眉眼、抹着口红、脑门上还点着红点儿的小闺女，上一眼下一眼地直盯我。后来我知道她是队长的爱人，全队上最漂亮的女人。

当天，那个女人领我去库房领来一张钢架结构的新床，随手可拆、可安装起来的那种，唯有床板是个整面的，如同一个大大的擀面板似的，怪平整。但我没用。

队上有个职工请探亲假刚走，韩队长安排我暂时先住在他的床上，答应过几天给我腾个单间，便于我看书。

说是单间，无非是和大伙一个样的板房，中间用砖头挡了挡，没用！隔眼不隔耳，这边打喷嚏，那边保准会吓得一哆嗦！房梁上方，一块糊不住、隔不开的大三角空间，那便是"无线电话"穿梭来往的大通道。

油田会战初期的房子全是那样。

"开会啦——！"

搁下饭碗，队上的职工正为无事可做而犯愁呢！韩队长不知站在谁的房间里大喊了一声，"无线电话"立刻传遍全队每一个角落。

大家集中在队部。男的女的分堆坐着，戳戳打打、嘻嘻哈哈地故意拥挤一气儿。

"不要讲话了。"

韩队长敲着桌子，故意拿眼睛瞪大家。待屋子里静得一点动静都没有了，他反而低头不讲了，很认真地翻起桌上的日记本。

下边，立刻又有人叽叽咕咕。

韩队长假装没听见，抬头看我一眼，说："开会前，先把来我们队实习的大学生介绍一下。"

接下来，他把我"人才"呀、"栋梁"的，着实夸了一气。一时间，我的脸被他说得通红。但心里面被云里雾里"高抬"一番，确实还挺舒服。真怪！

随后，韩队长把日记本翻一页，又翻一页，刚要谈"正题"。突然，门外有人喊他："韩队长？"大伙抬头望去，是食堂的炊事员。

韩队长往门外瞅一眼，仍旧转过脸看日记本。炊事员站近门旁，又叫他："韩队长，来人啦！"

"谁？"

"羊儿洼的。"

"哪个？"

"村长。"

韩队长一拧头，把小本儿合上，起身出去了。

以往，遇到这种情况，有指导员继续主持开会。眼下，队上没有指导员。原来的指导员和韩队长不合，被韩队长给挤走了。

韩队长走至门口，屋子里顿时骚动起来，不知是谁还小声地骂了一句："羊儿洼的村长最不是东西。"韩队长听到了，转过脸来瞪了一眼，没有言语，合门出去了。

队上大多数油井、水井，都打在羊儿洼村的田地里。油田和地方的关系一向是紧张的。话说回来，不紧张就不正常了。翻来覆去就那么点土地，一个要挖沟铺管子采油，一个要春种秋收地打粮食。油区《战报》上，三天两头报道：某某采油队的"送班车"被拦，"油路"被断，什么什么东西被老百姓一哄而抢。但这类事情在羊儿洼，还没有发生过。韩队长和村里的关系相处得不错，羊儿洼村的老百姓很少给油田添乱子。为此，韩队长年年都是"工农共建"的先进。

别了，羊儿洼

送走了羊儿洼的村长，继续开会。

会后，韩队长把我留下，跟我商议，让我上几个月的"小班"（倒三班）。采油队上最苦、最累的就是倒三班了。尽管我连连点头说行。韩队长还是向我做了解释，说这是厂部组织科统一安排的。

接下来，我与队上的职工一样，每天白班、夜班的忙活起来了。

这天夜里，我们宿舍都上夜班。我半夜回来时，发现门被撬。开灯查看，只盗走了我竖在门后的那张新床。

"老韩！老韩！韩队长！"我高一声，低一声地敲队长家的门，急着汇报这一情况。

"什么事？"韩队长好半天才把房门拉开一道窄窄的缝。

"我的床瞎了！"

"什么床瞎了？"

他听不懂我说的苏北方言。我改口说："我的床丢了！"

"床丢了？"

这一回，他听懂了。问我："怎么丢的？"

"门被撬。"

"门被撬了？"

我没有回话。

"还丢了什么？"

"别的没丢。"

"别的没丢就睡觉，明天再说。"说完，他合上门，又睡觉去了。

转天，住我们左右隔壁的隔壁都遭到审问。

一张桌子，两把椅子。我和韩队长两边坐着。唤来一个，让他像坏人一样，冲我们站好。

"昨天夜里，你听到有人撬门吗？"韩队长冷板着面孔问。

回答："没有！"

"真的没有？"

韩队长一拍桌子。但，对方并不害怕，更为干脆地回答：

"真的没有！"

韩队长摆摆手，示意：没有就下去。

接下来，又唤第二个，第三个……结果，都是一样的。韩队长冲我轻敲着桌边，自言自语地说："手段，还挺高明来！"

我没言语，只想到自己床被偷了，窝囊人不说，过几天，那个探亲的职工回来了，我睡哪儿呀！

韩队长也很为我作难，可他沉思了一会儿，忽而长叹一声，说："这样吧，你写个被盗的经过，队上给你开个证明，让保管员到厂部给你找找人，看看能不能再给你发一张新床。"说到这，他点上一支烟，挺有信心地说："总不能叫你睡光地吧！"

我想也是这个理儿。当天，我就写了被盗经过。可好，第二天，保管员果然给我领来一张新床。

这以后，我便老老实实地睡在我自个的床上了，以防再次把床弄丢了。可时隔不久，厂部组织科就来文要调我回厂部了。我的实习期原计划是在基层锻炼一年，可那时间，我刚到羊儿洼才四个多月。我感到很意外！

韩队长却说，这是他预料之中的。

启程的前一天晚上，韩队长领我到羊儿洼村长家喝酒。他没说是为我辞行，但我心里很明白。以往，遇到类似的情况，韩队长总是安排在村里。这样队上没有什么影响。

酒桌上，大家都端起酒杯敬我。我不胜酒力，几杯酒下肚后，就感到头有些晕，想躺躺。村长看我酒量真不行，就扶我到里屋小床上休息。可我怎么也没想到，村长家的这张小床，竟和我丢失的那张床一模一样。

晚上，回来的路上，我一句话也不想讲。韩队长拍拍我，说："以后，到了厂部，你这点酒量可不行。"

我没有吭声。

韩队长问我："醉啦？"

我点点头，说："醉了！"

其实，此刻，我很清醒。

◀ 小冯姑娘

　　刚到羊儿洼油田的那些个夜晚，只要一闭上眼睛，学院里的课堂、操场，还有学生宿舍里那些打打闹闹的场景，就展现在眼前。不应该到这偏僻的羊儿洼来！我不止一次地咬着嘴唇怨恨自己。

　　"是羊儿洼这地方不好，还是我老韩什么地方做得不对？"韩队长半开玩笑，半是嗔怪地问我。

　　我摇摇头，莫名其妙地说："这里太闹了！"我们宿舍里住着七八个"倒三班"的人，每天不分昼夜地人来人往。

　　韩队长拍我肩膀，说："嗨！这事情你怎么不早说？"

　　韩队长是小小羊儿洼油田的当家人，队上的职工没有一个不怕他、恨他、骂他。但谁都离不开他。他深知我在羊儿洼的实习期不会太长。往年来实习的学生，全都一个个厂里、局里地调走了。有的还当上了不大不小的官儿。

　　转天，也就是韩队长跟我谈话后的第二天。他把我从"大集体"里抽出来，住进队部库房旁边的一个单间里。这下可清静了！

同样是一色的隔眼不隔耳的木板房。可隔墙的西面是三间空荡荡的库房，饿极了眼的耗子们，大白天都在里边追杀惨叫！隔墙的东面，虽说住着队上的资料员小冯姑娘，可她整天整天地不在屋里。据说，过去那房子里还住着韩队长的爱人，人家结婚走了，就剩下小冯姑娘一个人。

小冯姑娘个子不高，胖胖的，走道儿唱着歌儿，手里还晃动着一串铜的、铝的钥匙，"哗铃！哗铃！"配着歌儿摇呀摇。看上去和中学生没什么两样。她每天的工作，就是把全队各井、站上送来的产油、产气、注水量的数字汇总起来。抄一份给大队好再汇报，抄一份给韩队长晚上开会时好专门批评人。剩下的事情，就是分分报纸、送信、听电话，实在没事情可干了，她就把队部的那台一打开就"滋啦啦"乱响乱跳的破黑白电视打开，白天看，晚上看，总也看不够。

小冯姑娘每天在屋里的时间，除去三顿饭她"哗铃"着钥匙，哼着"泉水叮咚"或是什么更好听的歌儿回来拿碗，再也听不到她的任何响动。

有几回，我闷在屋里看书看腻了，听她"哗铃！哗铃！"配着歌儿走来，真想放下手中的书本，同她搭搭话儿。可她每回都是挺着高高的小胸脯，趾高气扬地打我门前走过。瞅都不瞅我一眼。

这日黄昏，落雨。

我独自坐在窗前，凝视着窗外的沙沙飘落的雨丝，不由自主地又想学院里那些窗下读书的事儿，顿时又浮起了一股骚动的心潮。恰在这时，门外突然响起一串"扑嚓扑嚓"的踩水声。小冯姑娘回来了！

刹那间，我没等她把房门打开，就隔墙大声地问过话去：

"几点啦？小冯。"

我这样问她，她好像知道我要干什么似的，我听她一边抖着雨衣上的雨水，一边大声地告诉我：

"还差 10 分钟。"

指开饭时间。

"给我带两个馒头好吗？我没有雨衣。"我从桌前站起来，面对着隔墙问她。

她脆生生地回答我两个字："好的！"

……

转天，又是开饭时间，她便主动隔墙呼唤我：

"大学生，开饭喽！"

我坐在桌前，好像一直在等待这个声音。但我听到她第一声呼唤时，并没有立刻答应。这时，她便会再喊一声："开饭喽，大学生！"

这时刻，我多数是拿起碗同她一道儿走。有时，我懒省事，拿着饭票门口堵住她：

"给我带两个馒头？"

"谁给你带两个馒头？！"

她这样说着，冲我做个鬼脸，那只白白胖胖的小手，如同小燕子捉食似的，一下子把我手中的饭票捉去。

回头来，她不但给我带来两个馒头，还用她那小巧的饭盒盖儿，给我带来一份我爱吃的菜。

日子久了，我们彼此更加熟悉起来。有时，她从队部回来路过我门口，看我正在埋头看书，便轻轻地猫着腰，绕到我身后，猛一跺脚，脆生生地大喊一声："嗨！"故意吓我一跳。常常是逗得我笑，她也笑。

这天正午，日照极好。

我把书一本一本摆在门前的台阶上晾晒。屋子里潮湿，床底装书的纸箱底儿都烂了。

小冯姑娘午睡醒来，开门一看，轻"啊"了一声。然后跑过来，小手不停地翻这本、看那本。问我："化学就是《化学》，怎么还《有机化学》《无机化学》《油田化学》呢？"

我冲她笑，算是回答了她。

哪知，这一来把她给伤着了。她说我瞧不起人，故意嘲笑她。"啪"的一声，将手中的书扔下就走。

我忙拦住她解释，直说到她"烟消云散"，才换了个话题。问她：

"你高中毕业？"

她摇摇头。

"初中？"

她点点头。

"还想学习吗？"

她点点头，又摇摇头。问我：

"学有什么用？"

我跟她讲了很多学习的好处，并告诉她："把初中、高中的课本温习一下，将来可参加成人考试什么的。"

她问我："能吗？"

我说："能！"

她半信半疑，问我："怎样才能学好？"

我说："慢慢来，先从基本的知识学起。"

她看我一眼，问我："你教我？"

我说："行呀！"并告诉她："要想学习，以后得少看电视！"

她轻咬着嘴唇，挺有信心地说："行！"

打这以后，她真的不看电视了。只要我不上夜班，她几乎每天晚上都到我屋里来。开始，我认为她是一时的情趣，没想到，她问了这题，问那题；我教了她初中的，她还问高中的。

这天晚饭后，停电。

我们蹲在门口的月亮地里说了一会儿话。我提议："咱们到房后的河堤上走走？"

小冯姑娘欣然同意，说："好！反正停电也不好学习了。"

我们穿过河堤上一片幽幽的树丛，沿河边的溪水往上游走。我提议："小冯，你唱支歌吧？"

她问我："唱什么？"

我说："随便。"

略顿一会，她理了理思绪，便这样开口了：

一条大河波浪宽，

风吹稻花香两岸；

……

我笑了，说："唱得真好！"

她一噘嘴，说："去你的吧！"

我说："确实唱得不错。再唱一支好吗？"

她脖子一昂，又唱了起来。这一回，她唱得情意绵绵：

大路上走来人一个，

一对儿毛眼望哥哥；

你若是我的那个哥哥哟＿＿

招一招你的那个手；

你若不是我的那个哥哥哟＿＿

走你的那个路！

接下来，我给她讲了两个小故事，还给她背了一首普希金的爱情诗《赠娜塔利亚》。

她不知在用心听我的话，还是在思考什么问题，低着头一声不吭地走在我的身旁。

月亮升至半空的时候，我们沿着溪水往下游走。

那是一轮很圆的月儿，融融的月光，撒在欢呼跳跃着的溪水里，闪动着一片莹莹明媚的光。我们踩着溪边的月光，一路慢慢地走着，快到我们原路下坡的地方时，她突然停下脚步，压低了嗓音唤我：

"大学生！"

我一愣！感觉她的声音有些异样，忙问她：

"小冯？"

月光下，她闪动着一双美丽的大眼睛，静静地看着我。

我又问她：

"小冯，你怎么了？"

一语未了，她猛地扑到我的怀里，头顶着我的下颌，轻轻地晃动着说：

"你，你知道的东西真多！"

我慌了，顿时，不知所措。只觉得她呼吸的热气在我的颈间急促地滑过着。似一股灼人的热浪，猛烈地撞击着我的心房。我似乎意识到什么，猛推了她一把，唤道：

"小冯！"

可能是我用力过大，或是她本身就没有站稳。我用力推她之后，她连退了两三步，差点倒在一旁淙淙流淌着的溪水里。我的心随之一揪！可她，还是吃力地站住了。

"你！"她紧咬着嘴唇，大为吃惊地瞪着我。而后，二话没讲，转身爬上河堤，独自向前跑去。

"小冯！小冯！"

我在后面追着，连喊两声，她睬都没睬我。

当晚，我回去时，她已经关门躺下了。半夜里，我听到她还在呜呜地哭。

她说我表面上看，是个文质彬彬的大学生。其实，内心坏透了，竟然想到那一层。

我纳闷，不知如何向她解释。

我到羊儿洼将近三个月，工人们一向像自家亲人一样待我。

尤其是小冯姑娘，与我熟识以后，待我像亲哥哥一样，给我带饭、洗碗，有时，还悄悄地把我床上的单子和我脱下的衣服拿去洗了。

我深知小冯姑娘那小小的心灵是透明的、干净的。可她在河堤上与我相依相拥的那一时刻，我又该怎样才是呢？

此后的几天里，小冯姑娘总是躲着我。有几回，我碰见她故意找她说话，问她学习的事。她不是假装没听见躲过去，就是说没空，要么说不学了。

为此，我很难过。

这天夜里，也就是我接到调令，要离开羊儿洼的前一天深夜。我思考再三，还是唤醒了她。我隔着墙，猛不丁喊她："小冯！"

她冷冷地隔墙问过话来："什么事？深更半夜的。"

我说："我要走了。"

隔墙两边，顿时一阵沉默。

突然，她反过来问我：

"要走了？"

我说："是的，我要离开羊儿洼了。"

隔墙两边，又是一阵沉默。

随后，她拽亮灯。

我看见灯亮，隔墙说："睡吧，你知道就行。"

她没听我的话。过了一会，她拉开了房门。待我也拉开门时，她正披着棉衣站在我的门前。

她问我："不是说实习一年吗？"

我说："谁说不是呢？"

"那你为什么现在就要走？是不是因为俺？"说着，她鼻子一酸，泪水扑扑扑地滚下来。

我连连解释是组织上统一调配。可她还是不停地抹泪。

我说："别哭了，外面冷，进屋坐会儿吧。"

她紧咬着嘴唇，冲我直摇头。想必，有了上次河边那码事情，她不会进我屋里了。我换了一个话题，对她说：

"以后，你还要好好学习。"

她点点头。

"遇到问题，可到厂部找我。"

她点点头，又摇摇头。问我：

"你何时走？"

我说："后天。"

……

可巧，这天后半夜，羊儿洼落下了入冬以来的第一场大雪。

小冯姑娘没等到天亮，便冒着纷纷扬扬的大雪，步行到十几里外一个叫曹家务的小镇上，专程为我买来一个日记本，扉页上，端端正正地写道：

好男儿志在四方。

转年夏天，听羊儿洼来厂部办事的人讲：小冯姑娘考上了局里的职工学校；可韩队长说队上人手紧，死活没放她走。

别了，羊儿洼

◀ 夹　砖

旷野夜来迟。

我和路师傅早已经望到远处村庄里忽明忽暗的灯火了，照样还可以坐在油井房顶上，他石子、我瓦块地下棋。

本来，我是不会那种"石子棋"的，可路师傅硬是手把手地把我给教会了。路师傅说："不下棋，又干什么呢？"

事实上，不下棋更无事可干。我们那座井站远离村庄、远离城镇，孤零零的一座采油房，抛在漫无边际的荒野里，如同浩瀚的大海里漂浮的一叶小舟。每天，除了交接班时来人说几句话，再没有什么可谈的啦。我问路师傅："我没来之前，你一个人，怎么打发这漫长的'八小时'？"

路师傅很不自然地冲我笑笑，说："都习惯啦！"

可我来了以后，怎么也不习惯。我一个人坐在那小小的油井房里看书看腻了，很想找路师傅说说话儿。可一直在门外闲转悠的路师傅，巴不得我能跟他聊聊。路师傅问我大学里的事儿，还问我家里情况。等把一切都说完了，还剩下好多时光无法排遣。我们在路边比赛踹大树，看谁一脚踹在树干上，落下的枯叶多；我们比赛找星星，也就是太阳要落山的那一刻，看谁先发现天空中的第一颗星星。后来，说不清是哪一天，我跟路师傅学会了下"棋"，就是那种在地上划方块的石子棋。白天下、晚上下，下得多了，自然觉得乏味了。

忽一日，队部的"小四轮"送来一车红砖头，搞什么建设，我们不知道，我和路师傅只觉得那堆红砖，为我们小院平添了几多生机。

开始，我和路师傅都围着那堆砖挑毛病，他指给我哪块没有烧透，有青斑；我告诉他，哪块砖是次品，挺腰凹肚。后来，路师傅不知怎么想起来跟我比赛夹砖头。他伸出右手，用两根指头，夹起一块砖问我："你行吗？"

我学着他的样子，也夹起一块。

他看我夹起一块，便用三个指头夹起两块，挑衅性地对我说："来呀！"你再来呀。"

我不甘示弱，伸出三个指头，照样把两块砖头夹起来。

这一来，路师傅，从三块增加到四块……直至，张开五指，夹起五块砖头在院子里正步走时，我才意识到确实有些难度了，但我想跟他比试比试。我学着他的办法，先把五块砖在地上竖成五角星状，而后，将五指深深地插进空档，慢慢地用劲收拢，待五块砖同时离地，遂起身"学步"。

孰料就在我咬紧牙关，挺直腰板，正要迈步的瞬间，五块砖

"唰"地一下，同时落地。

当下，我五指间皮肉划开，鲜血淋漓。

路师傅见状，当场愣了，好半天，才过来看我。

路师傅抓过我的胳膊，好像是自言自语地说："你这手，太嫩了！让我看看。"

我猛转下身子，没让他看。

路师傅说："疼不？"

我紧咬着牙根，没有说话。

路师傅说："疼得厉害不？"

我低着头，甩着血，仍旧没有说话。

路师傅见我不搭理他，愣愣地看了一会，不声不响地回屋里去了。

回头，也就是我甩干手上的血，去屋里找水洗手时，路师傅正握着一支没有帽的圆柱笔，在一张破纸上乱画，见我进屋，也没同我说话。

我只顾手疼，也没同他说话。

这以后，路师傅再不和我夹砖，也不和我比"找星星""下棋"了。没事，就让我一个人在屋里看书，他一个人出去溜达着玩。

有几回，我很想同他一起出去玩玩，他总是爱理不理的，要么，就突然地"训"我一句："你别跟着我！"云云。

总之，自从"夹砖事件"后，路师傅和我的关系明显地"疏远"了。但我知道，路师傅那是在自责，同时，他也在默默地爱着我。他知道我是实习的大学生，将来要在油田做更重要的事情！

◀ 睡 班

　　头一回上夜班，熬到天放亮的时候，我实在支不住了。我对带班的路师傅说：

　　"我得睡一会儿，路师傅。"

　　路师傅年龄没有我大，可他看上去挺老成。油田上就这样，别管大小，只要他比你早参加工作一天，他就是你的师傅。我提到要睡觉，路师傅也受感染，冲我直打哈欠，说："你睡！"

　　我问他："你不睡？"

　　他说："我不睡。"

　　后来，我跟他又说了什么，不记得了。我趴在桌子上睡了！

　　醒来一看表，七点五十了。路师傅不在值班室，院子里也没有。接班的马上就要来了，报表、记录什么的都没写，卫生还要打扫。

　　"路师傅！"

　　我站在院子里大喊了一声，没有人答应。又喊一声，还是没有人答应。

这时刻，我想起计量间。

计量间是我们上班要观察的工作间。里面上上下下前前后后左左右右都是管子，管子上尽是大大小小的各式仪表，仪表上的数字，标明此时此刻每一口油井、水井的实际生产情况。每隔半小时要巡回记录一次。可实际上，一个班能检查一次就不错了，都是"死"数字，大差不离地抄抄了事。当然，这事不能让当官的发现了，一旦被查到谁在报表上"造假"，轻者大会批评，重则开除公职。韩队长曾经在会上专门分析过这个问题。韩队长说，如果大家所填的每一口油井、水井的数字都是假的，那我们小队、大队，一直到石油部、国务院报出的数字都是假的。想想这问题多么严重吧！可采油工人不管那些，抄，瞎编，那多省事，又不用动脑筋计算，又可以美美地"睡班"。

"路师傅？"我一把推开计量间的门，路师傅正在门后揉眼睛。我说："你也睡着了，路师傅？"

路师傅一惊！很生气地说："我哪睡觉，我不是在看仪表吗？"

说着，他眼睛直往仪表上盯。

我心想，这路师傅可真够积极的，有事没事尽守着仪表。难怪韩队长大会小会的总表扬他。要不，怎么会安排我跟他实习呢。

转天，又夜班。我已不再为夜班而新鲜。接班后，趴在桌上就呼天啦地地睡着了。天亮醒来，路师傅又在计量间里看仪表。我有些不好意思，忙帮着扫卫生，填写报表。

晚上，队上又开会。会后，韩队长把路师傅留下。

回头，我都睡下了，路师傅又把我叫到房后的大柳树底下，歪着头质问我："你跟韩队长怎么汇报的？"

"什么怎么汇报的？"我很吃惊。

"不要嘴硬！"路师傅说这话的时候，还咬着牙根儿。怪吓人的！

我心平气和地说："路师傅，你不要生气，有什么事情？慢慢说好不好？"可路师傅仍旧很生气地歪着头。问我："你什么时候，看见我在计量间里睡觉的？"

"没有呀！"我说："你不是一直都在守着仪表吗？"

路师傅牙疼似地吸了一口凉气，把本来歪着的头，又歪到另一边去。突然，他指着我，问：

"你今天都干了些什么？"

我一五一十地回忆说："上午去羊儿洼赶集；中午把昨天脱下的衣服洗了洗；下午和资料室的小冯在队部门前打羽毛球。"

"韩队长看见了吗？"

"看见的，在集上我还和他打过招呼呢！"

路师傅叹一口气，说：

"问题就出在这里！"

"什么问题出在这里？"

一时间，我很纳闷。

路师傅指着我说："你下了大夜班，又赶集、又打羽毛球，一天不睡觉？"

我说："我不困呀！"

"我知道你不困！"路师傅说着，牙根一咬，说："韩队长看破你啦！"

"看破我了？"我小声重复着路师傅的话，问："看破我什么了？"

"看破你上班睡觉了。"

路师傅说着，"嚓！"一声划亮一根火柴，点上一支烟，靠树根蹲下，拐过脸，半天没有搭理我。

"你上了一夜的班，回来还挺精神，这不是明摆着告诉人家你'睡班'吗？"路师傅深吐着烟雾训我。

当下，我意识到问题的严重性，刚来上班几天，就背上了"睡班"的"黑锅"。别说给韩队长的印象不好了，上头知道了，将来定级转正都是个问题。再说，路师傅一直受韩队长表扬，今晚为我"睡班"被剋了一顿。想到这些，我心里很不是滋味，我跟路师傅说："路师傅，这事都怨我。"

我的话还没有说完，路师傅噌地站起来，说："什么呀！你是实习的学生，碍你屁事！关键是我。"

我很奇怪！"睡班"的是我，怎么问题的关键又是他呢？

路师傅不想再往下说了，冲我摆摆手示意，算了，你回去睡觉吧。

当夜，我几乎没有合眼。越想，心里越不是滋味。

第二天，午饭后，韩队长一手拎一个铁桶出来打水，我硬着头皮走到水龙头跟前，想承认自己"睡班"的错误，再一个想为路师傅解脱。

哪知韩队长没等我把话说完，就说："你没有什么，刚上夜班，没有不睡觉的。关键是那个路金龙（路师傅），他上班睡大觉，下班还躺在床上装瞌睡，太狡猾了！"

直到这时，我才知道，路师傅被韩队长诈出来：他在计量间不是看仪表，是睡大觉。他倚在门上站着睡，谁一推门他就醒了。所以，队上历来查岗，他都在认真地"观察仪表"。因此，总是受表扬，年年都是先进生产者。

这年年底，也就是上头来文调我回厂部工作时，路师傅在一天夜里把我叫到房后的大柳树底下对我说：

"你到了厂部，想法子帮帮我，给我换个单位吧。"

听他这话，我半天无语。

我知道，自打那次"睡班"事件后，尽管路师傅再也不睡班了，可韩队长就是不正眼看他了。大会小会上，想起来就指桑骂槐地臭他。

遗憾的是，我到厂部工作的几年中，一直没有能力把路师傅调出韩队长的管辖范围。

别了，羊儿洼

◀ 刘 库

刘库，队上烧锅炉的。

冬天的夜晚，队里上夜班的人回来以后，全都像冰河解冻似的，相拥相挤着往刘库的锅炉房里挤。取暖，是一个方面；诱人的是炉顶上的肉包子。那都是上班前交给刘库的，这会儿，肉包子个个烤得焦黄酥脆！一口咬开，香气直冒。

我初到队上实习没有经验。头一个夜班回来，独自搂着空碌碌的肚子往回走，正愁没个吃的！刘库在锅炉房门口堵上我，拍我肩膀，说：

"小伙子，吃个包子再走。"

我事先没送"伙"，怎么好空张着嘴吃别人的包子，于是，我强咽着口水，说："谢谢刘师傅！我不饿。"

大伙轰地一声，笑了！说刘库的包子抢都抢不着。看这位，还文绉绉地谢谢，不饿哩。

我经不住大伙说，脸一红，乖乖地接过一个包子，两口吞下肚，还想吃,可不好太"抢嘴"了。只好抹着嘴说:"吃饱了,吃饱了!"将刘库再次递过来的包子挡住。

顿时,大伙又嘻嘻哈哈地乐开了。显然是笑我不诚实。

刘库可好,不问三七二十一,一把揪紧我的胳膊,很像大人唬小孩似的,板起面孔,逼我说:

"吃,我让你吃你就吃!"

说完,又自言自语地嘀咕道:"你小小年纪,哪来这么多虚玄套。"

我受宠若惊,甩开腮帮子,一口气又吃下两个大肉包子。

转天,又夜班。

我特意多买些包子送去。刘库斜倚在门框上嗑瓜子,瞅都不瞅我送来的包子。反而招呼马路口摆小摊的娘儿们:

"大曼、二曼,回头来吃包子"

"大曼、二曼"全是刘库给人家起的名字。

马路口摆小摊的有四、五家,都是羊儿洼村里的女人们。村里的男人一交秋就上"河工"。所以,摊主儿全是一群娘儿们。

我听刘库拿我的包子卖人情,心里挺不是滋味的。但仔细一琢磨,昨晚我吃的包子,又是谁的呢?

后来,我才晓得,反正是吃着玩,谁也没拿个把包子当回事。于是,那摆小摊的娘儿们就钻了"石油大哥"的这个空子。每天来打水时,和刘库逗会儿嘴,嘻嘻哈哈地抢个包子就跑。

刘库呢?还就愿意跟她们逗着耍。尤其是那个胸部高挺的大曼儿来打水的时候,刘库故意把水龙头开得很小很小,问她:"大曼儿，你看这水流像啥？"

大曼儿光笑，不吱声。

刘库说："像不像我尿泡？"

"你，你个骚驴！"

大曼儿猛拧一把刘库的胳膊。

刘库则故意躲闪不让她拧。

大曼儿也不生气，每回都乐哈哈地抢个热包子，跑了。

有一天，我又去打水，正碰上大曼儿也打水，走近跟前，瞅刘库笑眯着眼睛，问她：

"要不要我给你补补课？"

"熊样！"

大曼儿骂他。刘库还嘿嘿地乐。

回头，大曼儿走了。我问刘库补什么课？

刘库一怔，两眼直直地瞪着我，好像不认识我似的，训斥我道："你，小小年纪，城里学生。不钻书本，怎么琢磨这事？"

我好生纳闷。问他："问问又怎么样啦？"

刘库一挥手，瞪俩大眼，冲我没好气地说：

"我不让你问。"

随后他不睬我。转过身，咚咚地往炉子里添水。我尴尬了半天，脸红红地走了。

此后，我一连几天不好去烤包子、不好去打水。

有几回买饭的时候碰上刘库，他瞅都不瞅我。我心里十分委屈。

这晚，队上放电影《牧马人》，大伙都去了，刘库不能去，他得把水烧开，供大伙散了电影好用。

我在学校时看过这片子。因此，只看了片头就回来了。可当我走到锅炉房门前时，屋里的灯突然灭了。紧接着响起了刘库粗嗓门：

"你，你喝水就喝水，关灯干什么？"

"熊样！你小声点好不好。"

"你！"

"你不是要给俺补补课吗？"

"你这是，不害臊，滚！"

"咔叭！"屋里亮了灯。我随即躲到房头。大曼儿揉着眼睛，呜呜地哭着，跑了。

第二天，大曼儿没出摊子。第三天，大曼儿托人来把摆摊的小棚子拆了。

刘库为此大病一场。

后来，我离开羊儿洼的时候，刘库回安徽老家探亲去了。我问韩队长，能不能让刘库把老婆、孩子带到队上来？韩队长冷板着面孔，说：

"这个'口子'可开不得。"

原因是，油田上类似两地分居的太多。

◀ 断　路

　　羊儿洼油田后边，有一块空地儿，队上计划建个排球场。由于计划一直不能落实，那片空地儿被羊儿洼村里的曹福老汉插上篱笆墙，培育出一垄垄绿莹莹的蒜苗儿。

　　这天早晨，韩队长正在给职工开早会。曹福老汉穿一件油乎乎的破棉袄，背个大粪筐，骂骂咧咧地来了，说有人偷了他的蒜苗。

　　韩队长说："不会吧，队上有食堂，没人开小灶。"

　　曹福老汉气狠狠地说："这事，就是你手下的人干的。"

　　韩队长还想推脱。可曹福老汉亮出"证据"，说是在二狗门前捡到的蒜苗儿。

　　韩队长无话可说，找来二狗当面臭骂了一通，还逼他给曹福老汉掏了五元钱。

　　二狗不太情愿，他心里很窝气。

　　回头，曹福老汉走了。韩队长点派二狗："今天晚上，你把那老头的蒜苗、篱笆，统统给我铲了！有官司，我去跟他打。"

说完，韩队长还自言自语地说："两棵烂蒜苗，还他妈的当真格的了。"

二狗没想到韩队长还有这么解恨的一招。高兴得一跳三尺高！"叭，叭！"甩了两个指响。巴不得天快黑下来。

第二天，曹福老汉的蒜苗果然惨不忍睹。他又来找韩队长。

韩队长假装还没睡醒的样子，堵在门口皱着眉头，吼道："你这老人家，一大早，又来蒜苗，蒜苗的事，昨天我不是给你处理好了吗，你怎么又来了，你还有完没有完了？嗯。"

随后，韩队长不问青红皂白，将他"去去去"地轰出门外。

曹福老汉哪能吃他这一套。气恨恨地找来铁锨，使出了庄稼人对付石油工人的绝招——断路。

说是断路，就是挖几锨土扔在路中间做个样子。自己村里的马车、驴车、拖拉机什么的照走不误。但等你石油上的车子来了给你挡下来，越有急事的车越挡住不让通过，逼你答应他的"条件"。

石油上，有钱买地安营扎寨，却不能花钱买路四通八达。某种程度上害怕当地群众闹事。

二狗将事态的恶化程度及时汇报给韩队长。

韩队长嘴上说"好"，心里边却打起了小锣鼓。

这"油路"一断，送班车就开不出去，工人上不了班，原油产量将会受到直接影响，若是让厂部知道了，还关系到"工农共建"问题。那曹福老汉正是抓住这一点把柄，给你韩队长出难题。

哪知，韩队长不吃他这一套。韩队长跟二狗说："你去把各

别了，羊儿洼

井站上班长给我找来！"

各井站长，都是队上的中层干部。

二狗很快把各井站长叫来了。韩队长开门见山地鼓动说："昨天，二狗拔了曹福几棵烂蒜苗，我让二狗赔了五块钱，大伙也都当场看到了。可那老头反悔了！看样子一夜醒来，感觉二狗赔他五块钱太少！一大早又来砸我的房门，喊呼蒜苗蒜苗！我没有理他，他就把我们的油路断了。"至于，夜里的"二狗行动"，他只字没提。

这时，韩队长点一支烟，问大家："你们看看怎么办？"

各井站长听出曹福是在"敲竹杠"，都很气愤！

韩队长说："这事情，我们不能太迁就了，若让他尝到断路的甜头，以后动不动就来这一手，那可麻烦了。"

各井站长都很赞成韩队长的看法，巴不能韩队长一声令下，把那老头推进路边的臭水沟里。

韩队长话题一转，问大家："现在我们的送班车开不出去怎么办？难道还要关井停机吗？"

各井站长一时还真想不出什么好的主意来。

韩队长拳头往桌上一擂，说："我们不能栽在这老头手里，我们除了送班车，不是还有摩托车、自行车和两条腿吗？"

各井站长好像也在议论韩队长说得有道理。

"大家看看能不能这样。"韩队长说着掐灭手中的烟蒂，又点上一支，说："我们在座的，都是井站长，带个头，备足三天的干粮，把自己井站上的职工都带到岗位上去。家里边，我想法子，治治那老东西。"

当天，一切按韩队长的布置开始了。

各井站上的职工，悄悄地抄小路，骑摩托、自行车或迈开"11"号，走了。

家里边，老弱病残的，以及后勤的打字员、收发员什么的，全都一色地换上棉工服、皮手套，站在送班车上做"假象"。韩队长叮嘱司机："汽车可进、可退，要让那老头，一会儿躺下，一会儿再爬起来

折腾了一天。傍黑时，曹福老汉在地上爬撑不动了，且发现车上的人嘻嘻哈哈，换来换去。知道是被人捉弄。但他有苦难言。

这时候，韩队长指使人给那老头出主意，让他去报告村长。

曹福老汉好像也想到了这一层，扛起铁锨，说："我是得去叫我们村长来！"

晚上，村长果然来了。

韩队长设宴招待。酒桌上话没谈上正题，村长就被大伙敬醉了。

回头安排村长回去的时候，韩队长叮嘱司机："进村时，要开大灯，鸣喇叭，声势越大越好！"

第二天，曹福老汉没来断路，也没再找村长。想必，昨晚上，他已看到村长是在石油队喝醉了酒才回去的。

可喜的是，从此羊儿洼油田，不但没有人来给断路，反而多了一个像模像样的排球场。韩队长把那片原本属于油田的空地儿收回来，建起了一个供职工们活动的体育场。

◀ 选　调

　　明晃晃的电灯底下，大伙围着一只轰轰作响的铁皮炉坐着。

　　炉子里气压很高，烧得是井上直接通来的天然气。火苗儿很旺，一个劲儿地从炉盖的缝隙里往外窜。不大点的板房里，很快就暖了。

　　"行啦，大家选吧。"

　　韩队长读了局里、厂里的文件，讲了二连浩特大草原的美好景致。然后递给我一沓子纸条，让我负责发票、收票。韩队长说我初来乍到，队上的张三、王五都对不上号，最适合做这项工作。

　　接下来，我把纸条发到每个人的手中。这时候，不知是谁交头接耳被韩队长发现了。韩队长呵斥道："那边干什么的？嗯，刚才我不是说过了吗，各人选各人的，不许商量！"

　　屋子里，顿时一片安静。只有那只气压很高的铁皮炉，仍然轰轰作响，火苗儿一个劲儿地从炉盖的缝隙里往外窜。

　　"选吧，随便选。"

韩队长一再催促，下边一直没有动静。

大家不知道该怎样选。

上一回，新疆油田来要人。韩队长私下把"豆豆"和"二狗"派去了，那两个小子，尽给队上出乱子。可韩队长没想到，正式调令一下来，"豆豆""二狗"不干了，双方父母也都跑来胡闹台，揪着韩队长的衣襟，非让他讲出个"道道"不中。

那一番难堪，那一番无理取闹，让韩队长尴尬透了。

现在，又要调人去二连浩特油田。上回去新疆油田是两个名额，怎么说还有个做伴的。这回只要一个。名额越少越难办。难办也得办！完不成上级下达的指标，你基层小队的领导怎么向上级交差呀？韩队长接受上回教训，从"官僚主义"走向"民主路线"，采取选先进的办法，让大家说话，选上谁谁去，让你被选上的人无话可说。

"选吧，选上谁谁去。"

韩队长说得很轻松。这可不是选"先进"、选"采油能手"。这在某种意义上说，是在选"倒霉"、选"坏蛋"、选谁得罪谁。

选谁呢？

让谁离开羊儿洼呢？

轰轰作响的炉火，燃烧着跳动的火苗，早就烤红了那块压火的炉盖儿。火苗儿一个劲儿地从炉盖的缝隙里往外窜。

一张张被炉火烤红了的面庞，全都木木地愣怔着。看来，这件事实在有些难办喽。

"选呀，都愣着干什么？"

别了，羊儿洼

韩队长显然是等得有些不耐烦了。他点上一支烟，轻吐着烟雾，说："这样吧！我把范围给大伙缩小一下。"

一语未了，几十双眼睛齐刷刷地汇集到韩队长的脸上。都很关注韩队长怎样缩小范围。

"首先，大学生（指我）才来，没准哪天上头一个调令就调走了，大家就不要选他啦。"

下边顿时一阵骚动。骚动中，好像还有人悄悄地骂了一句：

"他妈的，势利眼。"

韩队长好像听见，但他没有理睬，继续说："女工也别选了。"韩队长解释说："我们队上女工本来就少。再说，这次只选一个人，选上哪个，哭天抹泪地也不好，干脆从男工里选吧。"

人群里，不知谁冒出一句："韩队长，各队都选男的去，那怎么讨老婆呀！"

大伙轰的一声笑了。

韩队长没笑，他向说话的地方瞪了一眼，又瞪一眼，待屋子里慢慢静下来以后，他又说："曹新柱的情况，望大伙能给予体谅！"说到这里，韩队长故意停顿了一下，好像是有意留出空间，让大伙回忆起曹新柱曾经偷过队上的铁管子事。

韩队长说，曹新柱刚结过婚，能照顾的话，大伙尽量给予考虑。

这时候，几乎是所有人的眼光，都在寻找曹新柱。原来，曹新柱就坐在炉子跟前。可能是炉火烤的缘故，满脸通红。

曹新柱是队上唯一的电工，韩队长没来他就是电工。他是土生土长的羊儿洼人。油田上"土地带人"带上来的，上个月，他偷队上的铁管回家打水井。韩队长得知后，逼他写了一个星期的检查。

"当然喽！以上三点，仅仅是我个人的想法。至于，大家怎样选，那是大家的权力。"韩队长挥挥手，说："好啦！好啦！我就说这么多，大伙抓紧选吧。"

这时候，坐在炉前的人开始往后挪动，炉膛里的火太旺。太烤人。

韩队长发现了，制止说："不要乱动！坚持一下，抓紧选，马上就结束了。"韩队长还说："不要有什么顾虑，充分发扬民主嘛，选上谁谁去，"而后，一拍胸脯，说："选我也行呀，只要大伙认为选我合适，只管大胆地选。"

说到这里，他又补充说："至于，谁写了谁，这个问题，大家尽管放心，只要你本人不乱说，没有人知道，队上是绝对替你保密的。"随后，他指着炉前的曹新柱，说：

"小曹，就从你开始吧，依次往右转。"

唉！这一招还真灵。

曹新柱真的有些想选了。他从上衣口袋里拔出圆珠笔，看韩队长一眼。韩队长说："对！就从你开始，小曹。"

这时候，就见曹新柱把那张小纸条往手心里塞了又塞，然后，把圆珠笔插进四指与手掌的缝隙中，上下一划弄，几乎是连他自己也很难看清是否写上了没有，就心惊胆战地连跨过四五个人的座椅，将那张折了折的选票，亲自交到我手中。

接下来，第二个、第三个，全都像曹新柱那样，藏在手心里

别了，羊儿洼

写好、折好，然后亲自交给我。

最后一个是韩队长，我走近他身边，只见他大笔一挥，写出一个令我触目惊心的名字——曹新柱

霎时间，我不敢相信自己的眼睛。但是，不信不行，韩队长的字写得又大又清晰。

出乎意料的是，当我打开全部选票后，除两张票外，其中一张可能是曹新柱投的，其余，一张张写着韩队长——韩玉高。

按程序，我将所有的选票舒展好交给韩队长。当时，我真担心他看了那些写着他韩玉高大名的选票后，会怒发冲冠、大发雷霆。

可韩队长接过选票后，边看边点头。丝毫没有不高兴的神态。待他全部看完之后，忽然抬起头来，慢条斯理地说：

"老实告诉大家，同志们选的，和我个人的想法有些出入。"说着，他把手中的选票一举，且停顿了好长时间。在座的人几乎都看到那最上面一张选票上写着曹新柱的大名，那一票是他韩队长投的。随后，韩队长话题一转，说："不管怎么说，这是大家选的。票数十分集中。具体怎么办，我初步想，明天我到厂部跑一趟，尽量争取把我们队这个名额给免掉算了！如果实在免不掉，那也只好按大家的建议办喽！"说到这里，韩队长故意看了看炉前的曹新柱。

此刻，曹新柱正低着头，双手挟在两腿间上下搓。想必，刚才韩队长亮票时，他自己也看到。

"好吧！"韩队长说："鉴于当事人的面子，今天晚上就不

公布结果啦。"下边有人小声嘀咕，显然是在议论"选举"不明不白。可韩队长概不理睬！当即宣布："散会！"

大伙轰的一声散了。

会后，韩队长让我悄悄地把曹新柱叫来。

曹新柱来了，韩队长拍他肩膀，说："小曹，你要有思想准备。今晚的投票，你从始至终都看了，我本想把你择出来，可大伙不能原谅你。"说着，韩队长又拍他一下，说："你知道吗，上回你偷了队上的油管子，影响太坏了！不少人都找我，问我为什么不把你开除掉。说你这回偷了油管子，下回就能搬队上的电视机了。依我看，出于这种情况，你换个地方也不一定是坏事。"

曹新柱眼含泪光，好半天没有说话。韩队长说："你回去休息吧！明天我尽量去厂部给你免掉。"

曹新柱不太想走。韩队长说："回去吧，有话明天再说。"

曹新柱含泪走了。

第二天，韩队长仍旧跟平时一样，把上班的哨音吹得很响！全队职工仍旧站好队，听他吩咐：清蜡、扫地、量油、测气，这些都是采油工人的日常工作。

一切都安排完了，韩队长骑一辆摩托车带上我，先去了羊儿洼，找到村长和曹新柱爱人，说明了曹新柱被选调去二连浩特油田的"具体情况"后，调转车头，直奔厂部，报上曹新柱的名单。

调令发来的当天，曹新柱戴红花、抹眼泪；全队职工吃糖块、嗑瓜子，为他开了一个十分尴尬的欢送会。

◀ 代检查

我到羊儿洼感觉最不好的，就是会多。

韩队长几乎每天晚上都要给大伙传达局里、厂里的文件；通报各井站当天产油、产气、注水的情况；批评队上职工填错报表，或迟到、早退，乃至旷工的不良行为。

但是，这天晚上没有开会。据说那天晚上韩队长去厂部开会没回来。韩队长没回来，队上职工就自由了。我也趁机给家人写信。先给父母写，又给姑、舅、姨家写，末了，还想给班上个别女生写。

哪知，刚写下一个甜甜的称呼，忽听门外有人唤我："大学生，可以进来吗？"

听声音是个女的。

我隔着帐篷问她："谁呀？"

回答："我是小陶。"

"小陶？"我还在纳闷她找我干什么时，小陶掀开帐篷门帘，进来了。

"哟！你写信呀。"小陶说。

我说："写信。"我问她："你有事吗？"

小陶说："没事没事，你写信吧，你写信吧。"

说着，她很快退出帐篷。我因急着要在那个"甜甜的称呼"下面酝酿正文，也没挽留，也没起身远送。

回头，也就是我把所有的信件都写好，准备贴邮票封口的时候，忽听小陶又在门外唤我："大学生，信写好了吧？"

想必，她从帐篷的小方窗看到我了。我说："进来吧小陶。"

随后，她掀开帐篷又进来了。

这一回，她一进来我就问她："你有事吧，小陶？"

小陶没有马上回答我。她看了我一眼，轻咬着嘴唇，把脸儿转向一旁，挺不好意思地说："有点小事。"

我说："什么事？"

她紧低着头不说话。

我说："什么事？你说呀。"

她支吾了半天，说："我想请你给我写份检查？"

我一愣！问她："写什么检查？"

她说她星期天回家晚来了半天，韩队长逼她写检查。

我当时想，她让我写检查是假，让我在韩队长面前讲讲情是真。因为，当时我正在队部实习，天天跟韩队长在一起，混得挺熟！我答应帮他找找韩队长。但我告诉她，我来的时间短，尽管眼下在队部整天围着韩队长转，可我是实习的学生，说话不一定顶事。

小陶听我这话，当场就急了。连忙说："我不是这个意思，

别了，羊儿洼

我不是这个意思！"

我说："那你是什么意思？"

小陶说："我想让你给我写份检查。"

这回，我听懂了她的意思。我指着自己鼻尖问她："让我给你写份检查？"

小陶轻咬着嘴唇没回话，但她冲我轻轻点了点下巴。

我说："你的检查让我来写？"

"……"小陶没再吱声。我说：你的检查让我来写，这不是我在检查吗？她说她不是不想写，是不会写。还说她连检查格式都不懂，更别说检查的内容了。

我上下打量着她，问她："你高中毕业，还是初中毕业？"

她轻咬着嘴唇没有说话。

我没再说啥，但我心里想，即使初中毕业，写个检查还是不成问题的。可事后，我才知道，油田子女上学没个固定的学校，父母到哪里勘探、采油，他们就迁到哪里读书。小陶告诉我，她读了三年初中，换了四所中学，净跟着父母搬家啦，啥也没学到。

后来，也就是我为小陶"代检查"不久，我跟韩队长建议，队上可以办个职工文化初习班，组织青年职工，再温习一下过去学过的初、高中课程，以便将来考个职工中专、职工大学什么的。

岂料，韩队长听了我的话，冷冷地道了我一句："都下来听课，谁去上班？"理都没理我那个茬儿。

◀ 探 亲

　　路师傅探亲归队的那天下午，风可大啦！好多帐篷的门窗都关得严严的。几乎没有谁看到路师傅紧缩着脖子，从那边小路上顶着风沙歪歪斜斜地走来。唯有庞四子，他趴在帐篷的小方窗上，一望到风沙中的路师傅，便一口气跑到队部，上气不接下气地向韩队长报告说："韩……韩队长，路师傅，回来了。"

　　韩队长看他激动得那个样子，瞪他一眼，说："你吃过晚饭再来吧。"韩队长想晚饭后跟他仔细谈谈。

　　庞四子嘴上没说什么，可他心里打起了小锣鼓，他似乎意识到韩队长答应他探亲的事，又要泡汤了。往回走的路上，庞四子想："不管怎样，路师傅这一回来，下一个探亲的就该挨到他了。

　　本来，路师傅探亲之前，他就提出来要走。可韩队长硬让路师傅先走了。韩队长说路师傅女人得了急性阑尾炎，还说路师傅快三年没见自家的女人啦。韩队长答应庞四子：路师傅一回来，就让他走。

别了，羊儿洼

现在，路师傅回来了，庞四子当然高兴了。他还是结婚时把女人领来队上过了一阵子。眼下，孩子都快下地挪步了，还没见过他这个"石油爸爸"是个什么样哩！

同帐篷的刘库得知路师傅回来和他庞四子要走的消息后，也算是成人之美，当晚去食堂打饭时，多买了两道菜不说，还特意拐到路口小店里拎来一瓶衡水"老白干"。

刘库说："四子，今晚咱们喝两盅。"

庞四子看刘库又是酒、又是菜的，一时间有些受宠若惊。庞四子说："刘师傅，你这是干啥？"

刘库没说是为他送行。刘库说："祝你们小夫妻早日团圆。"

刘库把酒、菜摆在床头的小铁皮柜上，俩人对饮时，刘库问他："都给弟妹准备了些啥？"

庞四子笑。庞四子嘴上说："没啥准备的。"可事实上，女人夏天的裙子、冬天的围脖，包括平时用的发夹、乳罩，还有内衣上的花扣扣什么的，他都买好了。

刘库也是多年两地分居的，什么他都懂得。他告诉庞四子："要是回来晚了，可以在车站找个熟人，出张假证明。"

庞四子点头，说："懂。"

刘库问他们家靠近不靠近县城。

庞四子说："还行。"

事实上，他们家离县城还有三百多里路。远在川西一个很偏僻的山沟沟里。他每回探亲，乘火车到县城后，都要在县城过一夜，第二天才能坐上回乡下的公共汽车。这一回，他提前半月给家里去信，他在信上说，哪一天到县城时，他还要发封电报回去，让女人去县城接他。以便在县城的那天晚上，就能见到自家的女人。

刘库告诫他："不要把老家的详细地址告诉韩队长。"

庞四子扑闪着两大眼，不知道刘库这话是啥意思。

刘库说，韩队长那人最不是个东西。

刘库说，有一年他探亲，到家刚过了三天，韩队长的电报就到了，说队上又接了一口新井，让他见电归队。

刘库说，等他庞四子探亲回来，他也要向韩队长申请探亲的事。

庞四子明知道他这个想法不现实，但不好当面说破。年初的时候，韩队长第一个批准探亲的人就是他刘库，现在怎么好再让他走呢？无非是嘴上说说，心里痛快痛快而已。

羊儿洼油田，是个采油小队，人手少，两地分居的多。尽管每人每年都有一次探亲的机会，但不能谁想走就走，这要根据韩队长的统一安排。某种程度上讲，让谁走是给谁的面子。

回头，酒、菜快光的时候，庞四子要去找韩队长，没料想，就在他起身时，韩队长却推门进来了。

当下，刘库和庞四子都有些局促不安，忙站起来迎候韩队长。

韩队长走到床边坐下。

庞四子、刘库都让他喝一杯。韩队长连连摆手，说："你们喝你们的。"

韩队长说你们喝你们的时候，拍了庞四子一下，说："你出来一下。"

随后，韩队长起身走了。

庞四子兴奋地跟他一同出去。

不大工夫，庞四子耷拉着脑袋回来了，具体韩队长跟他说了些什么，刘库不知道。刘库只见他回屋时，一脚踢翻了地上的一个脸盆，趴在自己的被垛上，一言没发地哭了。

◀ 摸 鱼

一根竹竿，挑着一盏摇摇晃晃的电灯泡，斜插在小水坝河坡的泥窝里，照耀着两台潜水泵，不紧不慢地抽着塘里的水。

韩队长紧裹着件黄大衣，和看水泵的刘库说："照这样抽下去，天亮就可以见鱼了。"

刘库深吸着韩队长刚才递给他的一支"玉兰"，含含糊糊地说："差不离！"

其实，他刘库是估不出两台潜水泵一夜能抽多少水的。队上真正的水泵工是庞四子。可那小子前几天想老婆想疯了，偷睡了羊儿洼村里的婆娘，当场被人抓破了脸皮认出来！要不是韩队长和羊儿洼村的村长合起伙来把事情压下去，那小子早就该关进"局子"了。就这，韩队长也没有放过他，抽屉里锁着他一大堆随时都能送他进"局子"的证据材料。

刘库很同情庞四子，他晓得那小子这阵子怕见人，主动跟韩队长说要替他看水泵。

韩队长不放心，一下午来看过三遍了。尤其是傍黑来这一趟。他问潜水泵排水正不正常，刘库晚饭怎么吃。最后，还摸着刘库的棉工服，问他："冷不冷？"

刘库说："还行。"

韩队长说："下半夜天冷，你会受不了的。"韩队长让他去队部抱床被子来裹着。

刘库说："算啦！"

刘库说算啦的时候，两眼睛就紧盯住队部那边的灯火张望，他巴不得真去队部抱床被子来。

韩队长早看出他的心思。韩队长在河坡上站了一会儿，临走时，他对刘库说："你等着，回头，我叫人给你送床被子来。"

一语未了，就听水坝里"嘎嚓！"一声脆响，塌冰了。

第二天，天还没有放亮，韩队长，还有队上几个干部，全都早早地来了。

韩队长远远地望见刘库，大声问他："见到鱼了吗？"

刘库丝毫没有反应。"哗哗"的流水声太大，他没有听见。

可韩队长走到跟前却看到了，潜水泵旁边，已躺着一大片血肉模糊的鱼片子，都是潜水泵叶片铲过后，随水抽上来的。

刘库很惋惜地跟韩队长说："随水淌掉不少！"那意思，开始他没有注意。淌走的全是他的责任。

韩队长说："没关系。"韩队长问他塘里的鱼怎样。

刘库说："大个的不少！"

当下，韩队长也看到了，好多冰块底下，都压着白花花的大鱼片子。

一时间，韩队长也有些激动，要过刘库手中的铁锨就想下去捞。不料，一脚踩滑了冰块，差点连人陷在泥里！幸亏刘库拉了他一把，韩队长只湿了一只脚，上岸后，韩队长紧跺了两下，仍有不少泥水粘在鞋上，且很快结出冰渣子。天太冷了！

往年，虽说也捞鱼，可往年不是这样。往年不到腊月，也就是塘里还没有完全被冰封死的时候，韩队长就从羊儿洼村里借来渔网，两边拽上绳子来回拉几趟。

那样，尽管有好些鱼从网上跳过去，但，还是拉上来不少。剩下的漏网鱼也就不认真拉了，以便平时队上来了客人，或是队上干部开会时想喝酒了，派人撒上几网，拖上岸后，留下大的，放掉小的，常年有新鲜的鱼吃。

可今年不行哩！队上好多职工都建议要清清塘子。正好韩队长也有这样的想法。要不，放下去的小鱼苗，全都被大鱼吃了。可韩队长没想到这塘里的淤泥这样深，更没想到今年的腊月是这样冷。

韩队长安排几个人，穿着雨靴子下塘捞鱼。

还好，靠近岸边的、压在冰块底下的鱼，都被扔上岸来，岸上等待分鱼的男女老少那个高兴哟！每见一条大个的鱼，总有好多人围过来观看。当然，更为得意的，还是那些欢蹦乱跳的孩子！

问题是潜水泵够不到的那块塘底水面，无人能下去。大家都知道，所有大鱼包括专吃鱼苗的黑鱼都在里头。可那里的鱼怎么捞？渔网是下不去了，水面上还覆盖着厚厚的一层冰哩！只有派人下去掀开冰层，用手摸。这样冷的天，又有谁愿意下去呢！下去的人，又会怎样呢？

　　韩队长紧裹着大衣站在岸边，一支烟接一支烟地猛抽。忽然间，他想起什么，告诉身边的人："去把庞四子给我叫来。"

　　往常，这样热闹的场面，他庞四子是拦也拦不住的。可今天，他也觉得没有脸面往人前站了。但，现在，韩队长派人喊他来，他不敢不来。他认为潜水泵出了啥大问题，紧裹着棉衣急急忙忙地跑来。

　　韩队长迎上去，开口就说："你把棉衣脱了。"

　　庞四子扑闪着一双大眼还没反应过来是什么意思。韩队长就告诉他："那塘底的鱼，只有你下去摸了！"

　　庞四子一听，弯腰就去脚上扒鞋子。

　　韩队长也没阻拦，但他让他等一等。

　　待人买来一瓶"老白干"，让他喝下几口后，才让他下塘子。

　　随后，岸上的人见一条条大鱼被扔上岸后，一片欢呼雀跃。

　　可塘底的庞四子，在寒冷的冰块间冻得咬牙切齿。最终，他耐不住寒冷，四肢失去知觉，突然间倒在泥水中。韩队长看他不行了，忙派人下去，硬把他拖上岸来。

　　当晚，全队职工吃鱼、喝酒，欢聚一堂。唯有庞四子一个人躺在厂部的医务室里挂吊针，但他并不感到苦恼！反而觉得高兴。尤其是韩队长领着队上的职工去病房里看他的时候，他激动得热泪都流下来了。

◀ 安大胖子

天快黑了，厂部西边篱笆墙上斜射过来的影子都被夕阳染上了一道道橘红的光。"安41井"那边却突然发生了井喷。等我得到确切的消息，厂里的领导、工程大队的技术人员，还有油井作业的抢险突击队，都已经赶赴现场了。

我在书本上看到过井喷，那是很壮观的，也是很危险的。但我没有见过真正的井喷。

我想到现场去看看。

我找到厂部调度室，想打听去"安41井"的车辆。值班的调度员，正一手一部电话，在那大声呼喊着"安41井"上的情况。

这时，旁边一辆闪着黄灯的抢险工程车突然启动了，我问都没问，拉开车门，就坐进了驾驶室。

驾驶员也没有问我去哪里，一踩油门，"呜——"的一声，扬起一片烟尘，瞬间将旁边篱笆墙的影子都给吞没了，带上我便走。

羊儿洼油田在会战初期，连一条像样的土路都没有。厂部坐落在一弯大河套的斜坡上。一道竹片片立起来的篱笆墙，就算是划开了厂区与生活的界限。

途中，我得知那辆值班的皮卡工程车，刚从"安41井"现场把情况反馈到厂部来，马上又要折返到现场去。

我问那个一直都在冷板着脸孔的驾驶员："是当地老乡偷油引起吧？"

当地老乡，也就是安家庄那边的老百姓。他们整天跟我们石油上的人打游击——偷油。

井站上，油气初级分离的时候，每天都能从排空管里排出一些废油，也叫落地油。地方老百姓就盯上那些落地油。怎么说，那油是落到他们的地盘上的，村里人理直气壮地把那些油给抹了。

我说的"抹"，是指地下喷射上来的原始油，不是我们加进车辆里像水一样的汽油、柴油。而是跟酱缸里的咸面酱一般，要用铁锨，或是铁勺子，一坨一坨地抹进桶里去。同时，那个"抹"字，还有一层意思，那就是当地老乡相互争抢落地油时，往往会你往我身上甩一坨油，我往你脸上抹一把油，抹来抹去，大家都抹成个"油花脸"。

我曾在一天清晨，亲眼看到两个老乡为争一点面盆大的落地油，在我们井站那儿支开了架子——扭打成一团。

旁边路过的村长，也就安广，我们都叫他安大胖子，恰好看到了。

安大胖子看那两个人抹得跟鬼一样，还在那儿一个撕扯着对方衣领，一个正揪着对方头发。安大胖子就在旁边笑，随之"哎哎"了两声，安大胖子没指责他们打什么打，安大胖子说："看你们俩那点出息。"

那两个大男人，一听是他们村长的声音，立马就散开了。

村长喝唬他们一声："滚！"

那两个看起来比安大胖子还要壮实的男人，地上的落地油也不要了，相互间鼓着嘴，拧着头，好像还在小声对骂着，走了。

他们争抢的那种黏糊糊的原始油，很容易分离出可以使用的油。油田周边的老百姓，用他们自制的炼油方法，就可以把那黑乎乎的落地油（原油），加热分离出清亮亮的使用油，装进拖拉机，或是他们农用的"三叉机"里（三个轮子的农用车），照样可以把车辆开得"呜呜"跑。这就是说，当地老乡们把那落地油"抹"回去以后，就可以赚到钱。

问题是，那些"借油发财"的老乡，并不局限于"抹"一点落地油。井站上正在分离的原油，以及输油管道里加压远程输送的原油，他们都有办法打开阀门或是"开凿"出一个阀门来把油偷走。

油田公安派出所，曾几次抓到安家庄那边的"油耗子"。可关不了半天，就被安家庄的村干部给带走了。

油田的车辆，每天都要从安家庄村上走，你若扣押他们的人，他们就给你封桥断路。其背后的幕僚，自然都是村里的干部们，准确一点说，就是那安大胖子，他与当地的"油耗子"，都是有分成的。

我在"安41井"实习过，多少了解点那边的情况。安大胖子算得上是当地的"油老大"。他对付石油上的人，如同日伪时期的伪保长对付"八路"与小鬼子那样，吃里爬外，各处落好。

我与安大胖子头一回照面时，他私里问我的带班师傅："那个小白脸，是干啥的？"

我们当年分配到油田的大学生，在基层采油队上实习时，队上的工人，个个都是我们的师傅，尤其是带我们班的师傅，那更是名副其实的师傅。他们在某一个时期，固定在某一个井站上上班。而我们实习的大学生是流动的。今天在他们井站上跟班，再过两个星期，可能又把我们调到其他井站上跟着另外一个师傅上班了。

我估计，我初到"安41井"跟班的当天，安大胖子就已经猜到我是个跟班的实习生，他才那样问我师傅："那个年轻人是干啥的？"

我师傅如实地告诉他："大学生，实习的。"

"哟！"安大胖子一听我是大学生，立马像脚上踩到块尖利的石子似的，惊呼了一声，笑脸转向我，说："苗子，苗子，是个好苗子！"

安大胖子说我是个"好苗子"，可能是想表达像我那样正牌的大学生，很快就可以在油田上混个官呢。随即，安大胖子跟我师傅说："中午，中午到我那去弄两盅。"

我师傅没有吭声。想必，我师傅经常跟安大胖子吃吃喝喝。因为，临近中午时，我跟在师傅身边，在村子里拐来拐去，很容易地就拐到安大胖子家了。

"上炕上炕！"

一进院子，安大胖子就那样招呼我们。

院子里的一只小花狗见到我时，"旺旺旺"地挺着脖子冲我直叫唤。我师傅到它跟前一跺脚，那小花狗立马就止住了叫声，瞬间还做出很是害羞的样子，冲着我师傅不停地弓腰、摇尾巴。

安大胖子把狗给吓唬到一边，扇乎着他那小蒲扇般的大手，一再招呼我和师傅：

"来来来，上炕上炕！"

那个时候，北方普通老百姓家招待客人，都是请客人们盘腿坐到他们家的火炕上。

印象中，当天中午，安大胖子给我们端上来小半盆猪耳朵干拌大葱片，并随手从炕洞子里摸过一小塑料桶白酒，"哗哗哗"倒得我们杯子里的酒直往桌上溢呢。

我师傅说："好啦好啦！"

安大胖子却说："满上满上。"

……

当天中午，我跟师傅都喝高了。

改天，轮到我和师傅上夜班，天亮时我俩发现分离器的阀门被人打开过，显然是有人来偷油了。

但我师傅没有吭声。

我也没有吭声。

那一刻，我和师傅心里都明白，夜晚来偷油的不是别人，肯定是安大胖子指使人来干的。因为，我们清晨打扫井站卫生时，安大胖子就站在不远处的麦田里，无事人一样，远远地同我们打招呼。

那件事情过后，我对安大胖子那人就没啥好印象。

所以，这一回听说"安41井"发生井喷了，我的第一反应，就是安大胖子在背后指使人，把井台上的某个部位给搞坏了。

但我没有料到，带我去井上的师傅告诉我，说是修井队在那维修时，导致井喷的。

在油田，井喷是坏事，也是好事。

说它是坏事，那就是乌坨坨的原油，直接流淌到地面上了，若不及时制止，很容易导致火灾，那是要烧死人的。可反过来看，井喷意味着那地方有高产的油气田。那可是石油人苦苦追寻，或者说是石油人梦寐以求的寻油梦。

但是，像"安41井"那样，瞬间爆发出强大的油气流，将现场正在施工的修井人给"埋"在油里了，那就是生产事故，是要不惜一切代价，尽快制止井喷的。

我赶到现场时，周边五百米范围内，已经被拉起了警戒线。

远远地，只见一根冲天而起的乌油柱，如同一根高压线杆一样，直插夕阳西下的夜幕里。安家庄围观的老百姓，全被驱赶出现场。但他们不走，都围在上风头的现场指挥部那边。

我跟随的那辆皮卡车，直接把我带到现场临时组建起来的指挥部。我下车时，第一眼就看到安大胖子也站在那儿。

现场的抢险车、救护车，还有安大胖子私下里调运来的农用拖拉机、翻斗车，也都停在不远处的麦田边。

安大胖子调运来的农用车、翻斗车，可不是来现场抢险的。他那是准备来"抹"落地油的。

应该说，"安41井"发生井喷的那天傍晚，安大胖子还是比较得意的！在他看来，一旦是井喷制止了，地上的那一大片落地油，就该是他安大胖子说了算了。

而此时，早已准备好肩挑、车推的安家庄村民，更像是新年到来时喜迎财神爷那样欢欣鼓舞。大家伙儿都等着安大胖子一声号令下，去瓜分那大片落地油呢。

当时，油井中喷射出的落地油，如同火山爆发时的岩浆一样，前面稍微带点温度的原油流淌一段距离后，很快就凝固成面酱、凉粉一样了。而后面新喷发出的原油又叠加在已经凝固的原油上面，形成一个高出地面的原油平台。

指挥部的领导考虑到油井离村庄太近，必须马上制止住井喷。否则，一旦引起火灾，后果不堪设想。工程技术人员根据油柱喷射的高度，测算出油气的压力。指挥部的领导，当场作出决定，组织抢险队，或者说是敢死队，顶着强大的油气流，涉油冲上去，用油井盖（俗称鳖盖），去把那股子正在喷射的油气流给封堵住。

封堵油气流的"鳖盖"上有四个螺母，只要能与喷射口的螺母合到一起，先拧上一个螺栓。然后，猛地往中间一推，随即再拧上第二个、第三个螺栓，就可以制止住井喷。

第一拨，上去三个抢险员。指挥部命令他们脱去衣服，连裤衩也要脱掉，腰间系上绳子，抱着"鳖盖"冲上去。可他们刚刚到达井口，尚未摸到井口的螺母，就被强大的油气流给冲倒了（中毒了）。而后方扯绳索的人，如同大河里扯拉渔网那样，快速地把他们从油污"平台"中拉扯回来。

紧接着，第二拨、第三拨，前赴后继地往上冲。可冲上去的人，很快又被拉渔网似的，一个又一个地从油污中扯拽回来。

那些从油污"平台"中被扯拽回来的"污油人"，个个都人事不省。抢救他们的医生、护士，上来就去抠他们鼻口中的原油——让他们呼吸。并用纱布擦拭他们的眼睛，或者说是用纱布去寻找他们的五官。

当时，已近深秋，那黏糊糊的原油，粘连到人们的脸上、口中，很难用纱布给他们擦拭出眉眼儿来的。

所以，被拖拽出来的"污油人"，个个都直挺挺地窒息在那儿。期间，有医生、护士与他们嘴对嘴地做人工呼吸。突然，不知是哪一位医生，还是护士，大声喊了一嗓子："有热水没有？"

原油遇热水，是可以融化的。

那边的喊声未落，安大胖子这边却扯开嗓子高喊起来："乡亲们，要死人啦！咱还待着干什么？快回家拿热水来呀！"

刹那间，那些原本等着发"油财"梦的老乡，全都扔下手中准备刮油的铁锨、勺子，撒腿就往村里跑。

唯有安大胖子，他解下自己热乎乎的棉布腰带，跪在麦田地上，帮助医生、护士，给那些直挺挺的"污油人"，一下一下抹着他们鼻眼上的污油。抹着抹着，安大胖子的眼窝里，"噼噼叭叭"地滚下了泪水。

◄ 老　惠
....

老惠，我在羊儿洼油田时结识的工会干事。他负责厂里的电影队和图书馆。平时，也组织职工们歌咏比赛和体育比赛。

老惠组织全厂职工篮球比赛的那年秋天，我正在下面一个采油小队跟班实习。

所谓"跟班实习"，就是跟着职工师傅们"三班倒"。按厂里的规定，当年分配到羊儿洼油田的大学生，一律要到基层去"锻炼"，即跟班实习。并要在各个岗位上"轮换"一遍。然后，再根据我们个人表现和厂里的实际工作需要，逐步调整我们的工作岗位。

厂里篮球赛轮到我们采油队的那天，恰好我倒休。我很从容地跟着篮球队去看热闹。

那时间，我还不认识老惠。但老惠在篮球场上做裁判的架势，给我留下了很深的印象。

当天，他穿一身黑（黑短裤、黑丁恤、黑色运动鞋），一只锃亮的铁哨，如同一个小怀表似的，用一条大红的扁带子套在他的脖子上，一闪一闪，很鲜亮。当时，老惠留一个鸭屁股似的长发型。我说的"鸭屁股"长发型，是指他脑后那片头发留得很长，一直盖住他脑后的脖颈儿。当然，他脑门前的头发也很长，只是被他一甩一甩地给甩到耳根子两边去了。

哨声响起时，老惠与球员一起跑动。他甚至比球员跑动得还要快。

期间，某个球员犯规时，他先是鼓圆了腮帮子，猛一吹哨"嘟——"，并随着哨声响起，他会做出一个较为敏捷地指认动作——一条腿往前弓起，一条腿在后面绷直，右手食指与中指同时也绷得很直，直指那个犯规的球员，告诉那球员，是你违规了。

数年以后，我在电视上看到航母上指挥战斗机起飞时，有两名导航员，屈膝引航的姿势，就是当年老惠指认球员违规时的样子。很敏捷，也很威武。

至于，球员在球场上犯了什么错误，他也会用肢体语言告诉观众和场外的助理裁判。如球员带球跑步了，他便用双臂在胸前快速一绕，示意你刚才是带球跑步。

那个时候，他是不跟球员讲话的。而是很快又吹起哨声，示意比赛继续开始。

那是我头一回见到老惠。时间是一九八五年深秋。

当时，我不知道他姓惠。只知道他是我们采油总厂工会的干事。

后来，也就是当年年底，总厂抽调我去撰写劳动模范材料，把我临时安置到厂工会，我才正式结识了老惠。

我到厂工会报到那天，老惠正组织"迎新年图片展"——展示全厂职工一年来奋战在油田第一线的各种工作、生活的画面。

白天，一整天我都没见到老惠，一直到晚上下班以后，整个机关里没有什么人了，我才见到老惠带来两位身材好、长相也很好的讲解员——一个是原来那个采油队的女工，我认识。但我在队上没有跟她讲过话，她好像还是个姑娘。另一个年岁大一点，看发型，应该是结过婚的媳妇，很俊俏，穿着打扮都很漂亮。

她们都是老惠从基层采油队抽上来的。老惠带她们现场布置图板，并教给她们讲解词。可能已经忙乎一天了。晚上带她们到办公室，是安排她们住宿的。

油田会战时，我们厂部就建在野外。当时，好像是借用部队一个废弃的营房为厂部。两排很低矮的红砖平房，总共有十四五间房子，我们厂工会占了两间。

老惠见到我时，他可能已经知道我是来写材料的。他没怎么搭理我，只是告诉那两个讲解员——一位住在我隔壁的一间办公室；另一位睡到我们平房外面的一间堆放电影器材的木板房里。

当时，我还想：如果不是我临时占用了一间办公室，没准那两个讲解员，就可以一人住一间办公室了。可过后我又想，不对呀，那两个讲解员，可以同时支两张折叠床住在同一间房子里呀。老惠怎么单独把那小媳妇安排到我们办公区外面的电影器材房里呢？

后来，也就是为期一周的图片展快要结束时，老惠与我多少有些熟了，他在一天晚上，把慰问病号的夹心饼干拿出一盒给我吃时告诉我，说那两个讲解员所使用的扩音器和话筒（麦克风），都在那间堆放电影器材的木板房里。夜间，必须有人看守着。言下之意，那个小媳妇单独住在器材房里，是看守贵重物品的。

当时，老惠已经结婚成家了。他爱人就在我们厂里上班，我见过一回，也挺漂亮的。老惠搞图片展的那几天，她抱个两三岁大的小男孩子，到我们办公室来过。她还问我老家是哪里？想不想家？有没有对象呢。

老惠比他媳妇大七八岁。听厂里人说，老惠的媳妇当初为了嫁给老惠，与家里人都闹翻了。

老惠的老丈人是我们厂后勤处的处长，掌管着全厂职工的福利。我刚进厂时，组织上发给我的石油工人"道道服"，就是老惠的丈人签字以后，我才领到手的。应该说，那人的权力挺大的。他看到老惠年岁比他女儿大很多，再加上老惠那人是地方上土地带人带进油田的，整天蹦蹦跳跳的，没有什么真本事（指采油技能），总觉得把闺女许配给他不靠谱。

可老惠当时算是文艺青年，他不光是篮球场上当裁判挺威武的，他在戏台上穿上西服、扎上领带，打起架子鼓时，头发依然是一甩一甩，很有范儿呢。所以，那个年岁比老惠小七八岁的后勤处长的女儿，铁了心地就要嫁给他。

我与老惠接触的时间很短，写完那批"劳模材料"不久，我便离开工会，调到厂里宣传部工作了。再后来，我因为两地分居，从油田调回地方——离开油田了。

但我大学毕业十年时，我们那个班的同学，回北京母校搞了个小型聚会。期间，我专程拐到北京东郊的羊儿洼油田去看了看。于是，我首先想到了老惠。可当我找到厂工会以后，人们告诉我，说他调到别古庄油田去了。

　　别古庄油田，是我们总厂下面的一个分厂，或者说是一个基层采油队。

　　当时，我还在想，老惠调到那边当领导去了。尤其联系到他岳父当时已升任总厂领导了，提拔他个乘龙快婿到基层去当头头，那还不是小菜一碟嘛。

　　但我没有料到，当我驱车五十多里，在别古庄油田见到老惠时，他给我的第一印象是发型还是原来的那个样子，长长的"鸭屁股"扣在后脑勺上，但他那长发中，有了许多花白的发丝。转眼十年了，老惠老了不少。

　　我没好问他怎么从总厂，调到这基层采油队的原因。我只是问他："现在干什么？"。

　　老惠含糊其词地说："改制，改制了！"

　　是的，我离开油田的那十年，正是我们国家从计划经济向市场经济全面深化改革的十年。老惠所说的"改制"，是说油田深化改制以后，把他从总厂，改制到下面的基层采油队了。

　　但我心里明白，老惠的事情可能没有他说得那么简单，他应该是犯事了。我甚至想到，他的问题，十之八九是出在男女关系上。因为，当初我在工会写"劳模材料"时，曾看到他每晚都到那个讲解员的器材房里去。

当时，我一味地认为老惠那是去找讲解员谈工作。没认为老惠会与那个讲解员有别的什么事儿。可等我回到地方，有了家庭，懂得男女之间的事情以后，再回过头去想老惠当年把那两个讲解员分开居住，而且他不分时候地去找那小媳妇谈工作，显然是不合情理呢。

回头，我要走时，老惠很是亲热地扯住我的手，要跟我到门口的餐馆里弄两盅。我告诉他有人给我安排了午饭，并想带他一起去。

老惠冲我摆摆手。我不知道他是不想跟我去，还是他在工作时间不能离开岗位。我便追问了他一句，你目前的具体工作是干什么？

这一回，老惠没有背我。但他冲我尴尬地笑了一下，头一仰，指了指院子里一棵高高的大杨树，自我调侃说："我就等着树上哪一片叶子突然掉下来，我好及时把它接住。"

原来，老惠被安排到那边去做环卫工人了。

那一刻，直觉告诉我，老惠原来的家庭，可能是解体了。否则，他那个做上总厂高层领导的老丈人，是不会那样安排他的。

别了，羊儿洼

◀ 汪 全

汪全是厂劳模。他在我们厂部机关大食堂做饭。同时，他还是我们厂部小食堂的厨大师。我陪我大学同学在厂部小食堂吃过他做的一回油水丰厚的饭菜。但他在客人们散去以后，追着我要去了一块三毛钱。理由是，我是本厂职工，到厂部小食堂就餐，理应支付相应的饭菜钱。

而我那同学，因为是局机关下来检查工作的，他与局领导们吃过饭以后就走了。而我与我们厂部几个陪着吃饭的领导人，每人都要支付一块三毛钱。

那个时候，油田上从机关干部，到普通的职员，都很廉洁自律。所以，我们作为本厂职工陪着上面来的领导吃饭，上面领导可以不付饭菜钱（有时上面领导也主动支付饭菜钱）。我们作为本厂职工，就应该支付相应的饭菜钱。这好像是那个时候干部、群众都要自觉执行的一条硬性纪律。

过后，我想了想，我陪我那同学吃的那顿饭，亏了！当时，我们食堂的白面馒头四分钱一个。我花一毛钱，买两个白面馒头，外加两分钱的咖啡色萝卜条，就可应付一顿晚饭。可我那同学在厂部领导面前提到我的名字时，厂部办公室就有人打电话，找到我实习的那个采油小队，硬把我召唤到厂部去，让我陪我那同学大吃了顿，一家伙花掉我三天的饭菜钱。

好在，那件事情过后，厂部领导记住我上级机关有位大学同学。同时在饭桌上，还了解到我会写文章，很快把我从基层采油小队调到厂部机关来写材料。

我的第一个采访对象，就是那个一顿饭收取我三天饭菜钱的小老头汪全。但我到厂部写"劳模材料"时，并不知道他的大名叫汪全。

我拿个小本子，找到机关食堂后厨，问："汪全，汪全是哪个？"

有人指给我。

我顺手看过去，一个个头不大的小老头，正伏在锅台上"稀唰稀唰"地刷大锅。

我说汪全是个小老头，可能是有些委屈他了。我去采访他那会儿，他也就五十出头，五花个儿，方脸、阔嘴，扎着一条齐腰的白布围裙。

印象中，当天他刷洗的那口锅可大，他整个身子都伏到锅口上，好像还够不到锅口对面的某个地方呢。我站在他身后，只见他脚跟儿一起一落，一起一落。大半天也没有刷好那口用铁锹炒菜的大铁锅。

回头，汪全往锅台前的地沟里倒刷锅水时，我让他说说他的先进事迹。

汪全脸色一板，问我："你是谁呀？"

我说："我是厂部派来的，专门负责采写你的先进事迹。"

他"哗啦"一下，把一盆刷锅水倒掉，然后拿出很是生气的神情，戗我一句，说："我没有什么先进事迹。"

然后，抱起一个黑皮管子，睬都不睬我，"稀唰稀唰"地开始冲洗饭堂地板了。

也就是说，我头一回冒里冒失地去采访汪全，吃了一通不酸不咸的闭门羹。

现在想来，那个时候，我们国家正处在全民"做好事不留名"的良好氛围中。我一个愣头青，就那么堂而皇之地跑了去，向他要先进事迹。他怎么可能会说自己是先进，怎么会讲他的事迹呢。

那个年代，人们做好事都不留名，先进人物，更不会说自己是先进。所以，我说让他自己来说他的先进事迹，门都没有。

回到厂部，我把我的"遭遇"向同事们说了，并向领导反映了。大伙儿先是笑我没有工作经验，随之建议我先从外围去打听。譬如食堂的饭菜是否让职工们吃得满意，"八小时之内"与"八小时之外"他汪全又是怎样无私奉献的，等等。

这样一说，我的采访思路就打开了。我找到食堂里正在吃饭的员工，问他们饭菜味道，大家知道我是在搜集先进事迹材料，一个个都说好！甚至具体到馒头好，米饭好，大锅炒出的豆芽菜、土豆丝啥的，都好。

我在小本子上一一记下，并当作先进人物的"旁白"材料，计划写进汪全的先进事迹里。可过后想想，那些饭菜并不是他汪全一个人做的。

我们厂部机关食堂，每天有三四百人吃饭。光是洗菜、淘米的就有四五个女工在那儿忙活，再加上红案的、白案的大师傅，林林总总的有二三十个炊事员呢，怎么能把食堂的功绩都写到他汪全一个人身上呢。

可我拿个小本子，在食堂的饭桌上四处问人家饭菜的味道如何，如同时下电视台的记者把话筒对准市民，问人家社会环境好坏一样，傻子都知道，对着话筒尽说好话的。

也就是说，我做了半天表面文章，并没有挖掘出汪全在食堂做饭期间的具体业绩。

好在最终我查找到有关汪全的资料。他是一九五四年奔赴朝鲜的兵。可他并没有到朝鲜去。他们部队在丹东集结时，朝鲜那边的战火已经停熄了。他就地转业到甘肃一家兵工厂，后到玉门油田。华北油田会战时，他先到雁翎油田（白洋淀），后到羊儿洼油。但他一直在食堂做饭。期间，我从各个方面，也了解到他的一些感人事迹。譬如，他被厂里评上劳动模范以后，连续三年没有回江西老家探亲。

当时的石油工人，大都是两地分居，每人每年有 20 天的探亲假，让他们回家看望老人，或是做夫妻之间传宗接代的事情。

可汪全自从被评上厂劳模，他对自己的要求更加严格了，或者说思想觉悟更高了。头一年劳模大会上，他身披彩带，上台领奖时说："今后，我要再接再厉，再上一个新台阶，继续为大家做好香甜可口的饭菜。"

当时，大家就听出来那话不是他汪全想出来的，一定是台下有人教给他那样说的。汪全本人没有文化，他说不出"再接再厉"那样的豪言壮语。但汪全能理解"再接再厉"的意思，就是不能松劲儿，还要继续干好工作。

原本就以食堂为家的汪全，在全厂职工代表大会上受到表彰以后，他的干劲更足了。每天第一个到食堂打开炉火煮粥，晚上总是最后一个把炉火封好以后再回去休息。有时，赶上阴雨天，他干脆就合衣歪在食堂不回宿舍睡觉了，以备第二天更早地为职工煮粥，蒸馒头。这些，原本都是先进材料上那样说的。没料想，汪全真的就按材料上写的那样去做了。先进材料上说他每天只睡四五个小时的觉，他还真是深夜二三点钟起床奔食堂去打理杂物了。材料上说他一心为公，不徇私情，他竟然算出上面来客的饭菜花了多少钱，本厂陪餐人员应该支付多少钱。这些写在材料里的"先进事迹"，在汪全这里全都一一兑现了。

我去采写他先进事迹的那一年，他已经连续三年都被评为劳动模范。这就是说，他有三年"再接再厉"，没有回江西老家探亲了。

当年春节，厂领导像下命令一样，硬逼着他回乡探亲。可他腊月二十五从北京乘火车回江西上饶后，腊月二十九他又从江西上饶返回到厂里来了。

人们惊讶！问他："为什么不在家里陪着老婆孩子过大年？"

汪全坐在灶台前，低头掐着手中的草棒子，半天不言语。

人们看他情绪不对了，便把情况反映给厂里领导。厂领导找他问话，他这才抹了一把脸上的热泪，说："老婆、孩子，已经不是我的了！"

原来，他连续数年不回家，再加上油田没有一个固定的地方，他汪全前期在玉门，后又到雁翎，而今又到羊儿洼。家里人一直联系不到他，老婆便领着孩子，跟着他的哑巴二弟一起生活了。

他此番回乡时，哑巴二弟知趣地卷起铺盖回生产队的场院去住了。可等他发现婆娘的床上床下，到处都是哑巴的衣裤、鞋袜时，他还是追到场院去，扇了哑巴两个耳光，扔下些钱，赌气一样，连夜爬上火车，回到油田来了。

◂ 老 金
········

　　我没到羊儿洼油田之前，老金就是厂里的团委书记。他组织全厂职工技术比武大奖赛时，我实习的那个采油小队，去了六名采油女工参加比赛，捧回两个石英球似的大奖杯，摆在我们队部的会议室的隔断里，职工们到队部开会时，都能看到。尤其是坐在前排的人，还能一遍又一遍地看到石英球底座上的那一排红字"共青团羊儿洼油田团委奖"。那个"奖"字，是用宋体字刻上去的，很突出。另外几个字是用楷体，字迹的型号要比那个"奖"字小一点，但很秀气，也很好看。

　　那就是老金他们团委搞的。

　　后来，可能就是那次"大奖赛"结束不久，老金就不当团委书记，调到厂部办公室当主任去了。

　　厂部办公室主任的级别与厂团委书记是一样的，只是位置上比团委书记要重要一些。团委书记是抓意识形态方面工作的，而厂部办公室主任所管的事情就比较多了。领导出行要安排车辆，上面来检查工作要张罗招待，各生产单位出现问题，要负责现场调度车辆，同时还要跟随领导，到基层去处理各种棘手的事务。

老金到厂部上班以后，工作节奏明显加快了，每天一大早，厂里领导还没到班上，他就在厂部打电话，接电话，调度车辆了。期间，他自己也注意起形象，头发剪了，胡子每天都刮得青光光的，先前穿得很随意的T恤衫，也换成了短袖褂，扎上了相搭配的领带。

可老金没有料到，他那样"忙活"了几天以后，组织部突然来人把他叫回去，说是先前的任命撤回了——让他继续回到团委去做书记。原因是，安排他到厂办当主任的时，厂长没在家（到高校学习去了），是厂里党委书记临时调整的，厂长不认可。

油田上，厂长和书记是平级的。但厂里的具体工作是厂长说了算。书记主要负责抓党务方面的事情。

这一折腾，把老金的工作积极性给折腾没了。如果不安排他到厂部去工作那么几天，让他一直在团委书记的位置上待着，他仍然还会很积极地去做些共青团方面的事情。譬如前期搞过的"技术大比武"，他还可以再搞第二届、第三届，或很多届。可眼下，组织上那样一折腾，把他弄得灰头土脸的。一时间，老金甚至感到自己在羊儿洼都没有什么混头了。

接下来，也就是老金再次回到团委以后，看似还坐在他原来的那张办公桌上，可他的心思早就不在那儿了。先前，老金上班以后就会给下面各个团支部书记打电话，询问他们那里的团员发展情况，收集基层团员青年学雷锋做好事的先进事例。时而，还组织媒体的记者，到一线工人中去采访。他本人也利用手中的相机，拍一些新闻照片，寄到报刊上去发表。老金拍摄的《坚如磐石战井喷》，还上过《大众摄影》呢。那个阶段，老金把全厂共青团的工作搞得热火朝天。

现在，他没有那股子干劲了。每天上班以后，不是翻看手头的《大众摄影》，就是《人民画报》。时而，他还把报纸上的一些照片剪下来，贴到一个会议记录本上，来回翻看。有时到上面去参加会议，他也翻看那些摄影照片。应该说，那一阶段，老金迷上了摄影。

老金把机关一间废弃的卫生间拾掇出来，将窗户上蒙上黑布，玻璃门上捂上密不透光的帘子，搞了间洗像室，整天在里面冲洗胶卷、放大照片。

那会儿，我已经从基层采油队调到厂工会来写材料了。老金头一回见到我时，上下打量了我两眼，问我："哪个学校的？"

我说石油学院。

老金两手撑在桌面上，看了我一眼，又看窗外的风景一眼，好像是对窗外的风景说："好好干！"

我本认为他会说："好好干，很有前途。"可他只说了前面半句，后面半句话他虽然没说，我也能想到。因为，我们那个时候的大学生，在基层锻炼一段时间，就会提升为厂里的技术员、助理工程师，或是安排到行政部门去做秘书、当干事，用不了几年，还可以提个官呢。所以，老金鼓舞我，让我好好干！显然是说我是很有前途的。

当时，我吃住在工会办公室。我的床铺就支在办公室门后靠墙角那儿，床头上堆放了一些文学方面的书。老金来我办公室串门时，就坐在我的床沿上，他随手摸起我的书翻翻。但他并不仔细看，随便翻几页就放下了。赶到机关里人员不是太多时，他还会歪在我的床上小憩一会儿，猛然间，他会问我："几点了？"

我知道他指的是下班时间，我看下表，告诉他："还有一刻钟！"或是模棱两可地告诉他："差不多啦！"

他便起身，说："喂脑袋。"

要么，就跟我说："歇歇吧！"他跟我说"歇歇"的意思，可能是让我不要那么拼命干啦。但他只说"歇歇吧"，后面的话，他不具体说。

老金是本厂的双职工，他爱人在厂区服务队工作。经常白天晚上地赶制工人穿的"道道服"。老金不在机关食堂吃饭，他下班以后就回家。有时，没到下班时间，他也走了。期间，他会选择下班以后猫进他那间小黑屋里去冲洗照片。有时，他在家吃过晚饭后，也来冲洗照片。

我一个人住在办公室里，晚间听到老金的脚步声，我会开门跟他打个招呼，他也会主动敲我的房门，看我在不在屋里。

那样的时候，我会跟着他，到他那小黑屋里去帮助他搅拌显影液，并在显影液中，来回晃动显影纸，观看照片的清晰度。

赶到雨雪天，或是外面刮大风，老金不想回家时，他就让我到食堂去给他带两个馒头。晚上，我在电炉子上煮面条，老金推门进来，嘱咐我："多煮一点。"

回头，我吃白水煮面，他也跟着我吃白水煮面。

有一回，老金蹲在电炉子前，帮助我热锅炸油时，我看到锅底炕干了，没看到他晃动着油瓶倒不出油来（天冷油缩成块了），我便说："行啦！行啦！"

我说的"行啦行啦"，是指那锅底已经炕得没有水渍了，可以往锅里倒油了。殊不知，那时间老金晃动着油瓶，刚好倒出一点油腥在锅底，竟然听我说"行啦行啦"，好像我舍不得他往锅里多倒些油似的。

老金当场就说我："明天，我带些油给你。"

第二天，老金不但给我带来了一瓶两斤装的花生油，连挂面也给我带来了。那件事，弄得我心里怪不是滋味的。很显然，老金是嫌我小气，他才那样把吃过我的油和挂面都还给我了。

我呢，一直也没向老金解释什么。我总觉得，一个大男人，没有必要去婆婆妈妈地解释那些。我与老金该怎样还是怎样。尤其是他晚间来冲洗照片时，我都半夜半夜地陪他。帮助他冲照片、贴照片、晾照片、剪照片。期间，忙活饿了的时候，我就回屋拿来饼干、干脆面，跟他一起"咔咔嚓嚓"地嚼着吃。

有天晚上，我又听到老金的脚步声，开门一看，呀！他身边伴有一位好看的姑娘。那姑娘我认识，是老金他们团委下面的团干部。

老金跟我说："洗照片的。"

那姑娘也说："洗照片。"

我合上房门，想跟他们一起去冲洗照片。

那姑娘没有吭声，老金也没有吭声。但老金往前走了几步以后，靠近我身边扯了我一下，说："我们还有别的事情！"

我一听，人家还要谈工作。我就不好掺和了，随回我自个的房间看书去了。

回头，老金与那个女的是怎样冲洗照片时又谈工作的，当晚他们又是何时离开的？我都不知道。想必，他们往回走时，脚步一定是很轻的。我一点都没有听到。也有可能他们离去时，我已经睡着了。

事后，我再回过头去想想，那个夜晚，老金与那个女人之间，应该是有故事的。至于，是什么故事，我没有看到，外人也不知道，那咱就不说吧。

后来，也就是我调离油田，回到地方工作以后，听说老金下海了，他带了一伙人到俄罗斯搞皮货贸易，还把蒙古国的大绵羊，用卡车拉到油田家属区来卖，三番五次，赚了不少钱。

我猜测，老金做国际贸易时，十之八九，他把那个午夜里陪他冲洗照片的姑娘也一起带上了。

◀ 老 顾

事情是下午快要下班的时候传到机关的，很快就在各个科室传开了——计生办的老顾，官称顾主任，与锅炉房韩瘸子媳妇勾搭到一起，被韩瘸子当场给"捂"到床上了。

"听说了吧，老顾，计生办的老顾。"隔壁办公室的人跑过来说老顾的事，脸上挂着笑容。

好像老顾那事，是一件十分令人欣欣鼓舞的喜庆事儿。

随合那个话题的人，可能早几分钟就已经知道了老顾的事情，同样是面带笑容地说："听说裤子都被瘸子给抢去了！"

"什么裤子，是短裤，内裤！"显然，这一位知道的内情更多一些，并具体说道："当时，他们的上衣、裤子扔了一地。"言下之意，瘸子进屋以后，首先把"证据"给抢到手。

其实，现场的情况不是那样的。瘸子进屋以后，摸了根棍子，就与床上的老顾"噼里啪啦"地打了起来。后来是瘸子媳妇抱住瘸子，老顾才得以脱身。现场的局面应该是一片混乱的。混乱中，瘸子家的一只暖水瓶还被打碎了，"嘭"的一声脆响，左右邻居都听到了。

"这下，可有老顾好看的啦！"

"就是！"

"……"

大家在谈论老顾的事情时，也都在猜测，老顾是怎么把瘸子媳妇给勾搭到手的？

有人给出答案，说："就怪老顾那个职业！"

老顾的职业，是提倡优生优育，告诫适龄妇女要节育上环，夫妻生活要吃片片，上套套。

人们分析：老顾一个身体棒棒的大男人，整天和那种事情打交道，什么人能经得住诱惑。好像老顾分管计划生育工作，就应该在那方面出点事情似的。

人们猜测，老顾与瘸子媳妇上床的时间，应该是下午上班以后。具体是下午一上班他就去了瘸子家，还是上班以后又过了一段时间，他才溜到瘸子家去。这个问题，对于后期处分老顾，是一个至关重要的环节。

羊儿洼油田会战初期，厂部机关与家属区紧挨着。

油田上征用地方的土地，都是有条件的。每亩地要付给地方上不少钱。同时，还牵扯到一个土地带人问题。为节省用地，当时的机关办公区与家属区，只隔着一条马路。老顾上个厕所的空档，就可以溜达到家属区那边去的。

说是家属区，其实只有少部分双职工住在那里。油田上单身汉多。好多男人，包括老顾那样的机关干部，老婆、孩子都在老家，远隔千里之外呢。

但是，地方上土地带人来的那部分职工不一样，他们原本就是本地方人，一朝成为石油工人，身份和地位瞬间提升，缺胳膊少腿的男人，都能在老家娶上个上等的好媳妇。如韩瘸子，尽管他腿上有残疾，走道时要一只手捂在膝盖上，可他自从穿上石油工人的"道道服"，村子里好看的大姑娘任他挑呢。况且，婚后不久，韩瘸子就把自个的俊媳妇领到油田家属区来居住了。

油田家属区，原是一片低矮的黑洞洞的木板房。如同时下种植蔬菜的大棚子一样，一排一排的前后隔开，还横七竖八地拉扯上绳索，怕大风来袭时，把那活动的帐篷、木板房子给掀了顶子或是给连根刮跑了。然后，再一家一家地分出隔断来。有道是"远处看油田，一片砖头压油毡"，说的就是那一时期石油工人的居住区。韩瘸子把媳妇领来，就住在那样一间盆碗锅灶都堆在床边的帐篷里。

老顾呢，他负责全厂的计划生育工作。每过一段时间，他就要一家一户地上门检查工作。其实就是查看人家小媳妇怀没怀孕。送一些避孕器物给她们。如避孕套、避孕药等，有时，还要现场教给她们怎样使用呢。

期间，说不准是什么时候，他瞄上了瘸子媳妇，三天两头往瘸子家里跑。跑着跑着，就跑到人家床上了。

事后，也就是老顾在床上被韩瘸子给逮着以后，大伙儿议论起那件事情时，说："老顾，肯定不是一回了！"

那话里的意思是说，如果老顾是头一回去睡瘸子媳妇，不可能当场就被瘸子给抓到的。

那个时候，正是机关的上班时间，韩瘸子应该在锅炉房烧锅炉才是，他怎么想起来上班时间，突然返回家中，去把老顾给"捂"到床上了呢？

有关这个话题，大伙给出的论断是——在这之前，瘸子肯定是看出什么破绽。

也就是说，老顾一回又一回地去睡瘸子媳妇，已经露出马脚了。瘸子这才设了个"套"儿逮到他。

印象中，那个就要下班的傍晚，整个机关都在谈论那个话题。说什么的都有。甚至还有人跑到韩瘸子家那边去看了现场呢。

厂里领导掌握到老顾的情况后，于第二天，还是第三天给了老顾一个处理决定：清理出厂机关，调离他到一线采油队去。

那个时候，组织上处理那类事件，都是打发他们到基层去，接受一线工人的再教育。如果犯事的人本身就是一线工人，那就给他换一个更为艰苦的工种。譬如原来是拎着样桶取油样的采油工，出事以后，就把他调到修井队去，让他整天弄得一身油污，看他还有没有心思去搞女人。

组织上在给老顾的处理决定上，模棱两可地写道：顾长忠（即老顾），身为厂部计生部门的主要负责人，上班时间，肆意脱离工作岗位，在群众中造成极为不好的影响。鉴于上述情况，经组织研究决定，即日起调离现任工作岗位，到别古庄油田去接受一线工人的再教育。

别古庄油田，是总厂下面的一个基层采油小队。那里缺水少电，生活条件实在是艰苦得不能再艰苦了。

老顾的几个同乡，得知老顾被免职，要离开机关了，都过来安慰他，劝他不要当回事情，并说，人嘛，到哪里都能活命。其间，还有人看到厂部的处理决定以后，为老顾打抱不平，说："你的工作性质，就是要上门做好服务。这文件上怎么说你上班时间肆意脱岗呢？"

老顾一脸委屈地说："这理，跟谁讲去！"

好像他老顾睡了人家瘸子媳妇，得到眼前的这个处理结果，是很不合理的，他心里感到很委屈。

改天，老顾的脸上还挂着"彩"呢，便卷起铺盖卷儿，搭乘当地老乡的一辆毛驴车，灰头土脸地到别古油田报到去了。

而瘸子的媳妇不是油田上的职工，组织上不好处理她。瘸子也没有处理她，只是让她做了个口头保证，保证以后不要再与老顾来往，事情也就过去了。

但瘸子并不知道，他媳妇手上正在使用的那个粉红色的化妆盒，是老顾给买的。

那个化妆盒里，有眉笔，有粉饼，有指甲刀、小镜子，还有一个像小饭勺一样的银亮亮的耳挖子，那是用来挖耳屎、挠耳痒的。

每回，瘸子媳妇在机关浴池里洗过澡，她都会用那个小耳挖子掏掏孔里的水花与耳屎，还怪舒服呢！

別了，羊儿洼

◀ 大 姐

　　我曾在一篇文章里说"大姐不是我的亲姐，她是我原来那个单位的同事"，说的就是眼前的这位大姐。

　　那是一天清晨，机关里的工作人员，都赶在八点钟之前的那十几分钟里，陆续都走进我们当时较为简陋的办公区。我头一天晚上与我的同学说到当初我大学毕业后，为什么执意要分配到眼前这个偏僻的羊儿洼油田来，就是因为文学，就是因为这里有一位写小说的大姐。

　　我那位带着新婚妻子来北京旅游，顺便拐到油田来看我的高中同学，听我那样一说，就想看看我说的那位大姐。

　　次日，机关人员上班时，我与我那同学站在窗户后面，看到大姐单肩背着一个超出她身体宽度的棉布包，如同到百货公司逛店一样，一路思量着什么事物的样子，向我们厂部办公区走来。

　　印象中，那天大姐穿了一件白底蓝杠的短袖衫，留齐耳短发，独自一人行走在上班的路上，有机关的同事从她身边擦肩而过，人家同她打招呼时，她时而微笑。时而，也挥一下手臂，示意对方先走。而后，她仍然是很从容的样子，从我们窗前走过。

我那同学随之感叹，说："气度不凡！"

其实，大姐不光是气度不凡，她人也长得漂亮，高高的个子，雪白的脸。她微笑时，会有两颗略微重叠一点的门牙显露出来，很耐人寻味的。

大姐工作在党委宣传部，与我们工会的办公室隔着纪委和团委。也就是说，我沿着走廊，向东跨过四五个办公室的房门，就到了大姐办公的房间。

大姐一人一间办公室。那是厂里对她的特殊照顾。

80 年代中期，文学尚热。我们全厂上下，都知道大姐写小说，人人都很尊敬她，崇敬她。厂里领导在我们办公室极为紧缺的情况下，特批了一间办公室给她。

就那，大姐还不是天天来上班。大姐不来上班时，就在家里写作，或是到上面去开会，开文学方面的会。有一年，她得了《长城》文学奖，到石家庄去领奖时，还把她丈夫——厂部卫生院的王大夫，也带到石家庄玩了一圈呢。

大姐的办公室，不是靠窗口支桌子。而是直抵墙的一角，如同仓库保管员那样，摆放一桌一椅，面壁角而坐。若是有人来找她说事儿，她会坐在椅子上，把身体转过来跟人家搭话儿。好在大姐办公室里，很少有人去打扰她。因为，大家都知道大姐上班时间会写作。唯我除外。

我那时是文学青年。

我曾把自己的一篇习作拿给她看。她"焐"了几天，还给我时，用铅笔给我写了几个字：准确地说，你这是故事，不是小说。

　　事情过去很多天以后，她又冷不丁地想起我那篇习作，问我："头顶上滑倒了苍蝇，你那样的写法脏不脏呀？"

　　那是我写的一位乡间小媳妇，说她的头发梳得光滑，能滑倒了苍蝇。

　　大姐还问我："酱色是什么颜色？"

　　我想了想说："咖啡色。"

　　大姐说："对呀，你写咖啡色多好！"

　　但大姐并不知道我是农村出来的，从小到大，尚未吃过咖啡呢。

　　好在，我从大姐的话语中，感悟到小说的语言，要讲究美。

　　大姐没事时在屋里看书，或是在她那空荡荡的房间内转圈。我时而跑去告诉她：

　　"下午三点钟，机关开澡堂"。

　　那一定是周三，或是接近周末的某一天。当时，我们机关澡堂每周开放两天。

　　要么，我去告诉她："机关分梨了，就在生活区路口那儿"。

　　"……"

　　总之，我跟大姐说的都是些生活琐事儿。对大姐来说，好像是无关紧要。大姐对吃穿都不是太讲究。但有一天，中午快下班时，她突然来找我，进门就问："小相，有糖果没有？快找两块给我！"说话间，大姐的额头上已冒出了一层细密的冷汗。大姐说她是低血糖，早晨忘记吃饭了。

我的抽屉里没有糖果，可我跑到隔壁办公室给她要来几块饼干。

在机关，大姐与我算是走得近的了。或者说，我到羊儿洼以后，与大姐走得是最近的。

我们团支部组织去清东陵和北京石花洞游玩，我都把大姐喊上。《长城》的编辑来组稿，大姐在家里设酒宴，她办公室的部长、同事她都没告诉，唯独把我叫去陪吃饭。当年暑假，我的女朋友到油田看我。大姐看我们俩大热的天，整天在外面疯玩，专门从家里包来两斤绿豆给我们，并叮嘱说："用绿豆煮汤喝，可以消炎去火。"

大姐有一个女儿，叫小胖。寄托在北京姥姥家。我见到小胖时，她已经十一岁了，正读小学五年级。大姐说，小胖是六岁上的学。学习可认真，学习成绩也很好。

有一天，大姐把小胖领到她办公室，我去看大姐时，见小胖正坐在大姐的办公桌前写作业，我出于好奇，想看看小胖的作业本上都写了什么？我站在小胖的身后，单手撑在墙上，俯下身去看小胖的作业本。我那个姿势，可能过于贴近小胖了，正在房间里转圈的大姐，突然间怒吼一声，说："小相，你怎么这样？"说话间，大姐一把把我推开，差一点把我推倒在地上。

那一刻，大姐的眼睛里，似乎是向外喷火一样地怒视着我。我不知道自己犯了什么错。可大姐怒吼过后，也没再向我说什么。倒是把小胖吓得铅笔堵在嘴唇那儿，半天没敢动弹。

大姐很快变了个人似的，说小胖："没事没事，小胖。你写作业。"

数年以后，我在电视上看《动物世界》，了解到动物在用餐或是保护它的幼崽时，会突然暴怒——攻击靠近它们的一方。想必，当初大姐推开我的一刹那，她就是那样保护小胖的。

但大姐的那一番恼怒，却真真切切地伤到了我。过后，我有好长时间不到大姐的房间里去了。大姐却经常到我的房间里来。

"小相小相，快找个曲别针给我。"

那一天，我认为大姐写了一部小说，要找个曲别针把稿子"夹"起来。

可我没想到，大姐接过我给她的曲别针以后，就把那个曲别针向反方向拉直，变成一大一小两个"n"。然后，当成耳挖子，开始挠耳痒。

其间，大姐一边挠痒，还一边畅快地自诩道："哎，好！哎，好！"好像她用那曲别针做的耳挖子，挠起耳痒来，非常过瘾，非常解痒似的。

大姐的喜怒，不藏着，也不掖着。

当年，也就是我在羊儿洼油田实习的那年冬天，全国石油系统在鲁迅文学院举办文学创作学习班。大姐决定去了。我也想去。但大姐没让我去（她可能与厂里领导打过招呼，阻止我去了），大姐跟我说："小相，这一回你就不要去了！"大姐没有跟我说什么理由。但我能想到，那个时候，我的文学创作水平与大姐不是一个等量级的。我去了，无形中降低了"鲁院"的门槛，或者说会暗淡了大姐头上的光环呢。

事后，大姐主动找到我，要把我的一篇小说，带到河北省文联主办的《小荷》上去，我反而冷静了，跟大姐说："我写的那个，哪是小说呀！"我的意思是说，我那"习作"，尚达不到《小荷》的发表水平。

大姐静静地看着我，半天，她从后嗓里说出两个字："也——好！"

当时，我不是跟大姐赌气，也不是忌恨大姐，我是觉得自己的"习作"，摆不上台面儿。

接下来，我有事没事的还是往大姐那边跑。计生办老顾与锅炉房韩瘸子媳妇滚上床的那天下午，整个机关都讲疯了，我也去跟大姐说那事儿。

大姐听我津津乐道地讲完那件事情以后，忽而板起脸来，唤着我的姓儿，问我："小相，你不觉得他们的背后，还潜藏着爱情吗？"大姐说的是韩瘸子媳妇与老顾之间，可能还存在着爱情。

刹那间，我被大姐的那句话，给噎在那儿了！

◀ 别了，羊儿洼

如烟的丝雨落了一夜，一向秋来沙舞的羊儿洼，陡然变得温柔娴静了。往常，路边石窟里草丛中那些到处乱爬的花壳虫、小石蟹什么的明显见少。秋凉了！

赶早班的采油工，全裹上个油渍斑斑的"道道服"，或蹲或站地聚拢在道口的班车点上。

一辆哈啦啦乱响的破"解放"，总算是左筛右晃地靠近班车点儿。

两个早有准备的女工，车未停稳，就抢占上驾驶楼。当即，引起大伙的妒忌与不满。

这时，韩队长站到车前，打开小本子，喊道：

"羊1站？"

车上，立马有人脆脆地回答：

"来啦——"

"羊2站？"

……

合上小本，韩队长往车上看一眼，又看一眼，一把拽开车门，冲驾驶楼俩女工，没好气地说：

"下来！"

俩女工没敢吱声，乖乖地下来了。而后，韩队长抬头冲我们这边一指，说：

"那个实习生下来！"

我们四个实习生刚来，韩队长还分不出我们的名字。我一愣，还没明白他喊我们干什么。时效"扑通"一声，跳下车了。

韩队长没理睬他，继续往车上指：

"那一个，那个没穿棉衣的。"

顿时，一车厢人全都目不转睛地盯上了杜福明。

随后，韩队长和杜福明坐进了驾驶楼。那天韩队长带班。

苏伟瞅"晾"在一旁的时效，一时间尴尬得无地自容。捣捣我的胳膊，"扑哧"一声，乐了！

傍晚下班回来。

大伙忙着洗刷，时效则靠着被垛发呆。苏伟说：

"老弟，是不是后悔昨天的蚕豆白送了？"

昨天在队部报到时，我们交了介绍信前边走了，时效一个人缩在后头，悄悄往韩队长桌上倒蚕豆。

这会儿，苏伟又提起那事。时效一个鲤鱼打挺，从被垛上弹起来，指着苏伟骂道："你他妈放屁！"

"你骂谁放屁？"

两个人扭成一团。我和杜福明忙把他们拽开。时效告诉我："苏伟比谁都会'溜沟子'，在学校时，尽去班主任家垒鸡窝，架电视天线……"

正说着，韩队长推门进来了，先看了我们的摆设，又问我们乍上班习惯不习惯。回头，要选一个宿舍长替大伙抓抓卫生，管管随手关灯什么的时候，韩队长的眼睛"找"到了我。说我是四个实习生中文化、年龄最高的，且当过大学的学生干部。但我建议还是从他们三人中选，他们是一所中专学校来的，尤其是苏伟和时效，还是一个班的相互之间很了解。韩队长不在意地挥挥手，说："行了，行了！你就当吧！"

当晚，我已睡下了，时效又把我拽到马路边的大柳树底下，泪水窜眼眶地对我说："我完了，相哥！"

我说："刚实习了一天，怎么能说完了呢？"

"韩队长对我印象坏了！"

我问他："就因为早上驾驶楼的事？"

他点点头，并伸出一个指头，说："这可是第一印象啊！"

我笑了，拍拍他，说："快回去睡觉吧！这点小事，不算什么。"

回头，我们并肩往回走的时候，他突然抓过我的手，瞪两大眼对我说：

"相哥，我看韩队长对你不错，有机会，你在他面前为我美言几句怎样？"

我一愣，问他："美言什么？"

他支吾了半天，自个也没说清要美言什么。倒是告诉我，他在班上谈了个对象，这回，分在厂部技术组。并说，他在羊儿洼，不混出个人模狗样的，只怕人家瞧不上他了。

我鼓励他两句。他叹了一口气，和我继续并肩往回走去。走进宿舍区，一间房子里"咔叭"拉亮灯，但马上又灭掉。想必，我们惊动了上夜班的人，人家在拉灯看表。

顿时，我们俩不约而同地放轻了脚步。

转眼，两周过去。

这天下午，韩队长来我们宿舍开了个短会。说队上人手紧，要把我们四个人分开，一个一个单独顶岗。

时效一听，立即欢呼响应，并表示百分之一百二十的赞成。他紧攥着小拳头，说：

"这才是锻炼我们的好时机！"

苏伟瞪他一眼，让他不要抢嘴。可他装不懂，尽说些让韩队长听了高兴的话。

苏伟气坏了！没等到韩队长走出门，照准时效的胸脯"咣"的就是一拳，骂道：

"你他妈讨什么好！嗯？"

时效眼圈一红，说：

"你，你打人！"

苏伟没睬他，转过脸来，问我和杜福明："你们俩说说，这小子该不该打？"略顿，又说："这单独顶岗是要担风险的，我们能随便答应吗？嗯？"

杜福明不说话，俩大眼一眨不眨地望着我。我想到大树底下，时效对我的"叮嘱"。我原谅了他。

当下，我们四个人对床而坐，就如何顶岗做了研究，并立志要干出个样子来！

一日，下班回来。

韩队长在班车点堵住我，拍我肩膀说："厂里要在咱羊儿洼开个实习生现场会，你准备个发言材料吧！"

我一愣，不知发生什么事情。

韩队长说，就是你们顶岗的事，厂组织部和技术科几位老总，都说这是个很好的典型。

这下，时效可高兴喽！他蹦跳着甩指响，并揪住苏伟的衣襟，左右晃着脑袋，非要把那一拳还回来！还说，这事，要不是他果断答应下来，或许在羊儿洼实习一百年也无人问津。建议我材料上一定要写上我们第一次顶岗的心情，等等。

三天后，一辆"黄河"大客车，载来全厂 50 多名应届大中专实习生。

时效在一边捣捣我的胳膊，指出那位辫梢上系一对彩色塑料球的就是他女朋友。我仔细打量，"塑料球"瘦瘦的，挺白，挺漂亮。

我建议时效："中午留她吃饭！"

时效趴我耳朵上，说："还不是公开的时候。"

大家陆续走进会议室。主持会议的组织干事，瞅几位老总正和韩队长站在车前讲话，便见缝插针地提议道："唱支歌，活跃一下气氛怎么样？"

时效当即站起来，指着苏伟，说："他是咱们的大歌星，让他唱！"

组织干事马上带头鼓掌。

苏伟脸一红，站起来！还真唱了。

一曲未了。

时效胳膊一抡，问大家："唱得好不好？"

他的意思是：再唱一个要不要。可他没考虑，此刻，韩队长领着几位老总，已经按位就座了。一时间，没人跟他呐喊叫好！

时效自个弄个大红脸不说，反而闹得苏伟也跟着尴尬。再瞅瞅"塑料球"，白净净的小脸也红了。想必，她和时效还真有那么点意思。

开会了。

组织干事让我们羊儿洼四个实习生站起来，给大伙认识认识。

掌声中，好多人的目光都盯上了杜福明。

那天，到会的全都毛衣、棉衣地穿着，而杜福明却是褂子套褂子，足有四五件，每一件都像是一扇关闭的门。看样子很冷。韩队长小声地告给几位老总：那个学生家是农村的，前天，他父亲来过，看样子家里很穷。

几位老总一齐点头，有的还翻开小本子，记下了他的姓名。

会议进行了一上午。我谈了顶岗的具体做法和体会，韩队长作了经验介绍，各队实习生代表表明了向我们学习的决心。

会议将要结束的时候，有位老总透露：厂里要成立一个"科技服务中心"。人选嘛，将从本届实习生中择优一部分。择优的办法是，视考分来定。具体考什么内容，由组织部下发考试大纲。

时效一听，回屋便开始学习。当天中午，连午饭都没顾上吃。

秋风，吹落了路边大柳树上的最后一片枯叶。后秋了。

杜福明说家里正给他做棉袄，说父亲要给他送来，他天天都在盼望。这天早晨，落雨了。杜福明买饭时湿了褂子，一整天都坐在被窝里。晚上，要上夜班时，他说肚子疼，要跟我调个班。想必，连日寒流衣服单薄冻着了。我答应同他调班。

时效说："我也去！"并说他第二天休息，要和我去做"陪班"。

我说："那也好！"

让他把书带上，一块到站上去复习。考试的日子已经确定。

晚上，我和时效在巡井的小路上，一前一后，说了很多话。

约莫是月亮落下的时候，时效趴值班室的桌上睡了。我也抄手打起盹儿。

这时，一阵脚步声，由远而近。

"坏了！查班的来了。"

我忙晃醒时效，给他一支笔，让他趴桌上假装填报表。

奇怪的是，脚步停在窗前，然后，又由近而远。

"什么人？"

时效一把拽开值班室的门，大声问道。

回答："赶路的！"

"赶路的？"时效重复着对方的话，往前走了几步。这时候，一个戴狗皮帽子的老头，点头哈腰地解释："赶路的，想进屋暖暖的，瞅你们在认字，就不打搅啦！"

"他妈的，操蛋！"时效小声骂了一句，冲我一挥手，说，"别睬他！"

第二天，我把"狗皮帽子"说给杜福明听，他忽闪着俩大眼，半天没有言语，末了，他求我说："相哥，我害怕，咱俩调个班吧！"

我说："嘻！这有什么好怕的！"

杜福明扑闪了两下眼睛，欲言又止。

晚上，杜福明不知在哪里哭红了两眼，又来把我叫出去。他说，有件事只能让我一个人知道，说之前非让我下保证不能对任何人讲。他问我：

"你知道那戴狗皮帽子的老头是干什么的？"

我一愣，说："不知道！"

杜福明一低头，说："是找我放油的。"

我瞪他一眼，心想，这可是不得了的事情，弄不好，要开除公职的。一时间，我不知说什么好，他却一把抱住我，慢慢给我跪下，边哭边说，他不是故意的。

杜福明告诉我，一周前，井场上洒了点"落地油"（一般是不能回收的废油）。"狗皮帽子"来拾走后，硬塞给杜福明两包"玉兰"（杜福明想到爹会抽烟）就收下了。这下可好，转天夜班，狗皮帽子赶马车来，逼杜福明给他放油。并威胁说，若不放油，就要把他收烟的事捅到队上去。

我明白了，问杜福明：

"你前后放过几次油？"

他支支吾吾地不敢说。

"共收下多少好处？"

他更不敢说。只求我给他保密，同他调班。我深知问题严重了，答应下他的请求，并说："你好好学习吧，争取考出羊儿洼！"

他点点头，没再言语。

马上就该考试了。可组织部的复习大纲一直没有寄来。

这天上午，苏伟阴沉着脸，不知从哪里把时效拽来。反插上门，有言在先，不让我们拉架。他把时效按在地上，打一拳，又打一拳。再要打时，我和杜福明已把他胳膊抱住。

我问，这是为什么？苏伟逼时效自己说。

时效不说。

原来，厂里寄来四份复习大纲，时效收到后，悄悄地烧了三份，只留一份，自己偷偷躲在外边河沟里看，被苏伟盯上了。

考试结束了。

苏伟和时效一出考场都直拍大腿。因为，考得不单纯是理论，多数是实习中所看得见摸得着的东西。所以，我考得也不理想。唯有杜福明，回到宿舍，头一回有了笑容。

我暗自为他高兴，指望他能离开羊儿洼，平安地躲过"放油事件"。没想到，偏在这时，我们内部出了奸细。把杜福明"放油"的事捅到厂部。韩队长气坏了，连夜从厂部返回来，一脚踹开我们的房门，吼道：

"杜福明，你给我到队部来！"

我知道出事了！

回头，韩队长送杜福明回来的时候把我叫走。

队部里，明晃晃的电灯底下。韩队长指着我，问：

"杜福明偷油的事，你知道不知道？"

我含含糊糊地回答：

"还有这事？"

"还有这事！"韩队长一字一句地重复着我的话。猛一拍桌子，"你装什么糊涂，杜福明在大树底下没告诉你吗？嗯！"

我低下头，好半天没再吱声。想必，韩队长什么都知道了。

"这么大的事，你们一直瞒着我。"韩队长说着"啪"的一声将举报信摔在桌子上。

我问："信上怎么写的？"

韩队长说："信上写得很含糊。但刚才杜福明交代得很清楚。"

我问："谁写的？"

韩队长瞪我一眼，没好气地说："干什么？你想打击报复！"并告诫我，这是积极的表现，让我正确对待！

我猜：这事，跑不了时效。

那天晚上，"狗皮帽子"找到井上，时效肯定是看出了"门道"，话说回来，大伙的复习大纲他都能烧，更何况一封可以不落姓名的举报信呢？

韩队长说："小杜刚才让我批评得太厉害了。你回去跟他说说，就说我说的，争取再给他一次悔过的机会！"

然而，当我回去的时候，杜福明已经不在屋里了。我问床上的时效："杜福明呢？"

时效翻身朝墙，背后支支吾吾地扔给我一句话：

"不知道！"

顿时，我不知道打哪里来了火气，一把扯开他的被子，厉声吼道：

　　"起来去找！"

　　这时，苏伟看我脸色不好，忙披衣下床，一声不响地打着手电出去了。

　　水沟里、干渠上、队部的菜窖里，到处不见杜福明的影子。

　　韩队长吓坏了！忙吹哨子，发动全队职工起来找。找到天亮，才发现，杜福明已静静地悬在路边的大树上。

　　杜福明死后，我们中接连又出现了两件不愉快的事情。

　　第一件，是时效失恋。

　　对此，我打心里畅快！这种出卖朋友的小人，早该让他尝尝生活的苦头！

　　失恋的原因他不说，只说"塑料球"没有良心，全班合影时，还和他挨得很近，到羊儿洼来却把他甩了。时效坐在床沿上，使劲撕着"塑料球"给他的断交信，一泡眼泪，好半天才挤出一滴，且"叭嗒"一声，打在他手臂上。

　　第二件是苏伟"支边"。

　　全厂派三名技术人员去帮助开发内蒙古边陲的一个小油田，没想到，其中一个名额，竟落到苏伟的头上。

　　启程的前一天晚上，我和时效买了些酒菜为他饯行。他却一个人跑到大树底下呜呜地哭开了。

　　我说时效："过去把他拉起来！"

　　时效往前走了两步，停下了，也抬手抹起眼泪。

我走到跟前时，苏伟一把把我抱住，边哭边说：

"相哥，都是我不好……"他告诉我，那天晚上，杜福明在大树底下跟我说话，他起来解手，正好都听到了。

"你，你！"我用手指着他，"是你写的举报信？"

他点点头，告诉我，他考试成绩仅次于杜福明，本想告他，自己去。

我一把推开他，说："你，你太卑鄙了！"

这时候，时效蹿上来，一把揪起苏伟的前胸，前后晃着，大声吼道："苏——伟——我早就料到这事是你干的！"他本想揍他，但不知为什么，一时间，竟抱住苏伟放声哭了。而且，哭声尖利！

苏伟走后，不久，我也接到厂部的调令。

上路的那天早晨，时效就像护送自家兄弟一样，和我站在班车点。但他一直打不起精神。

我说他："放开点，时效，把你留在羊儿洼，也不一定是坏事情……"

他打断我的话，含两眼泪水，问我："苏伟去内蒙，是他自己报的名，你知道不知道？"

我摇摇头。

他又问："他为什么至今没给我们来信？你知道原因吗？"

我一愣，似乎这才想起来，苏伟走后，一直没有给我们来信。

时效抹着泪，说："他走的时候说了，这辈子再没脸见我们。"说着，时效昂起眼泪，看着我说："相哥，原谅他吧！"

我鼻子一酸，忙拉过时效的手，说：

"别说了，时效。什么也别说了。"

这时候，上班的哨声响了。

羊儿洼新的一天，在韩队长的哨声中，又开始了。

卡车开过来的时候，时效扛起我的行李，说："相哥，今天的驾驶楼，是专门留给你的！"

我昂起头，向着路边的卡车走去。

载《雨花》2006 年 3 期

载《青海湖》2007 年 9 期

载《短篇小说》2008 年 9 期

别了，羊儿洼

◀ 送 鱼

大楼后面一盏灯

我——

这是我到羊儿洼油田以后，自己在心里默写过无数遍的一首小诗。就两行，像白开水一样。但它真实地表露出我那段时间的孤独与寂寞。

空旷的原野里，孤单单地矗立起一栋四层小楼。那便是羊儿洼油田会战初期的厂部机关。准确一点说，是我们厂部机关的一个临时办公场所。从厂区规划图上看，那栋临时的厂部办公楼，是厂部机关的单职工宿舍。可不知为什么，厂区办公大楼尚未破土动工，先把那栋孤零零的单职工宿舍给建起来了。

已经在帐篷、板房里苦熬了两个冬春的厂部领导，临时决定：先搬进建好的那栋单职工宿舍楼里办公。让厂区那些望眼欲穿的单身汉们，继续留在不远处的一片"砖头压油毡"里面。

砖头压油毡，是指木板房上面的油毡纸，需要用砖头来压好边角。否则，大风吹来时，会把那油毡纸给刮飞掉。那样的话，板房里面就透风、漏雨了。

那个时候，当地老乡曾给石油上的人编了两句顺口溜儿——远处看油田，一片砖头压油毡。说的就是羊儿洼油田会战初期，当地石油工人的生活场景。

我是羊儿洼油田投产后的第二年，从石油学院毕业以后，分配到那边的一个基层得不能再基层的采油小队，去接受为期一年的"锻炼"。临近年底时，厂里评选出一批劳动模范，需要"笔杆子"去采写他们的事迹，便把我从基层抽上来了。但厂部这边没有我的单身宿舍，晚间下班以后，我又不能返回到我实习的那家采油小队去过夜。厂里领导，确切一点说是借调我来写材料的厂部总工会的主席，让我在办公室的门后，临时支了一张钢架床，让我吃住在办公室里。

白天，机关里人来人往，我那张支在门后的单身床，很自然地便成为人们的"沙发"；床上的被垛儿，恰好便是大伙儿的靠背儿。晚间，大楼里人去楼空，整个楼上就我一个人时，我便萌发出那样一首"大楼后面一盏灯"的小诗。原因是，每到晚间，整栋大楼的背面，就我房间那一盏灯孤零零地亮着。

我们那栋楼是个"筒子楼"，过道在中间。过道两边的"鸽子窝"儿，分阳面和阴面。各科室的领导人、会计室，都安排在阳面办公室。阳面采光好，暖和。阴面房间小不说，每到后秋，便阴冷阴冷的，冬季里更加难熬。我是抽调上来帮忙的，临时住在四楼背阴的一间房子里。就那，也比我在基层采油队里睡帐篷、住板房强了一百倍。我在采油队睡板房时，夜深人静以后，经常有野耗子从我身上"突突突"地爬过。可瘆人的！

那一年，与我一起分配到羊儿洼油田的大中专毕业生有五十多个。刚来的时候，我们在厂部集训了一周后，全部"下沉"到基层采油队、输油队和油井作业大队去了。

原则上，我们当年来自全国各地的大学生、中专生，一律要在基层锻炼一年。然后，再根据我们各自所学的专业，或者说根据我们每个人在基层的表现，重新调整我们的工作岗位。

这就是说，我们在基层锻炼的那一年，是相当重要了。如果表现不好，或者说在基层没有和那里的干部、职工搞好关系，将直接影响到我们后面的工作安排。

我去"锻炼"的那家采油小队，离厂部不是太远。但是我们的作业点，也就是我要去实习的井站，离我们的生活区有五十多公里。而且，每一口油井，每一座井站，都在荒郊野外。每天厂部派来的送班车，按时把我们送到各个井站上去上班。

我初到队上时，上班不叫上班，叫跟班。就是跟着当班的师傅，去井站上熟悉生产流程。

刚去"跑井"的那几天，我感觉还可以，每天跟在师傅身后，帮师傅扛着管钳、拎着一个个白兰瓜一样大的采样桶，走在田间小路上，一口油井、一口油井地去采油样、记录油井的气压表、坐在采油房里听那嗡嗡作响的输气、输油的声响。可连续两周下来，每天都是那样几件事情，我就觉得没有意思了。甚至觉得很厌烦！但厌烦也没有办法，只有在那里熬着。其间，倒是有几位师傅向我打听："你是哪个学校的？有没有对象？"好像小队上刚来的大学生，都有人那样盯着问呢。

刚开始，我笑笑说："没有女朋友。"

后来，他们问得多了，有人干脆给我在队上物色起对象时，我只好如实告诉他们——我在老家处了一个。

就那，时隔不久，还是有人关心我老家那个对象处得怎样呢？好像我分配到他们油田工作了，将来就要定居在他们那儿上班，老家处的那个对象，不现实，也不靠谱儿，十之八九，会吹掉呢。

应该说，那段时间里，队上的职工师傅们，无论男女，对我还是比较关心、体贴和友好的。

我在队上除了跟着师傅"倒三班"、熟悉生产流程，也做了一些其他方面的事情，譬如给队上出黑板报、写通讯报道，还帮助两位上班打瞌睡的女职工代写过检查呢。其间，队上领导知道我在大学里学的是采油工程，还专门组织起全队职工，让我给大家讲解书本的采油知识。我原认为会在队上干满一年，调回厂部生产技术科或是地质大队去做个技术员，将来升任助理工程师、工程师、总工程师之类。没料想，临近年底时，厂部一个电话，便把我抽调到总工会去写"劳模"材料了。原因是，我会写通讯报道，档案中还记载着我大学期间当过学生会的干部，并在报刊上发表过一些大大小小的文章，组织部门把我当作人才，提前"重用"我了。

接到厂部"调令"的那天傍晚，天空中飘起了呼呼拉拉的雪花。第二天一早，我踩着厚厚的积雪去班车点等车时，平日里跑车的路段，都被积雪给填成与路两边的田地一样平整了，唯有雪中的树丛，会告诉你哪里是路。我在风雪中搭乘上厂部开过来的送班车，直到把上班的职工一个一个都送到他们当班的井站以后，最后才把我带回到厂部去。

好在，那是我头一天到厂部上班，没有人给我打考勤。

我在厂部办公楼下打听到总工会在四楼以后，几乎是一步两个台阶地奔到楼上去。推开楼梯口的一间办公室，开口就问："请问工会在哪里？"

房内一位留长发的女士，头都没回，说："隔壁。"

我说了一声"谢谢"便轻轻地给她合上了房门，感觉那间办公室应该是厂团委。因为，室内"品"字形的三张办公桌上，靠近窗户的旁边，立着一个共青团的徽标，很显眼。回我话的那位长发女，坐在"品"字头上，她应该是资历最浅的，背对着门，回我话的时候，她肯定认为我是基层来总工会办事的。所以，她连头都没有回。

事后，我知道她的名字叫李建华，并很快记住了她。因为，那时间有个叫朱建华的跳高运动员打破了世界纪录，与她只差一个姓氏，名声响遍大江南北。不过，那个跳高的朱建华是个男的，这个李建华是女的。

厂部总工会，与厂团委的办公室紧挨着。好像好多单位的工会、团委、妇联都是紧挨在一起的。况且，那三家单位组合在一起，便有一个较为公认的简称——工青妇。这在全国都是叫得通的。

我与李建华，还有团委的老金、刘华他们很快都熟了。

团委总共三个人，老金是团委书记，刘华与李建华，一个是文体干事，一个管内勤。老金与刘华是男的，他们两人整天在外面跑事情。李建华分管内勤，她背对着房门，没事时就在那儿翻画报、修指甲，有时还咿咿呀呀地哼唱歌曲呢。

李建华的歌唱得不错。

那段时间，中央电视台正在热播"87版"的《红楼梦》。我在办公室里经常能听到李建华哼唱着"一个是阆苑仙葩，一个是美玉无瑕"的歌声，在楼道里走过来、走过去。

李建华她们家是"老石油"，他父亲当过兵，参加过玉门油田会战。她属于油田子女招工到厂团委上班的。之前，她应该也在基层当过工人。后来可能是因为她会唱歌，或是托人找关系，调到厂团委工作的。年龄嘛，她可能比我大一岁，或是与我同岁。我们没有具体论过。但我觉得她比我懂得东西多，尤其是机关里那些杂七杂八的事儿，我与她相比，那简直就是个小傻子。

她不在我们厂区职工食堂吃饭。每天中午，我敲着饭盒从她门前走过时，总是会看到她在办公桌前收拾物件，准备下班回家吃饭。她们家离我们厂部办公区不是太远，就在我前面说的"一片砖头压油毡"那儿，骑上自行车，用力蹬，七八分钟就到了。

团委的老金，我刚来时叫他金书记。

他说："什么金书记、金书记，你就叫我老金吧。"可我初来乍到，那样直呼人家姓氏不是太好，仍然叫他金书记。

后来，我看机关里好多人，都不叫他金书记，都叫他老金。我也就跟着叫他老金了。

老金不像机关里其他人那样，知道我是新来的大学生，就问我老家是哪里？哪个学校毕业的？等等。老金跟我说的是："这个礼拜天，我们团委要组织去八达岭，你跟我们一起去玩呗？"

再者，晚上他若留在办公室冲洗照片时，他会在下班前过来告诉我："你一会儿去食堂打饭时，给我带两个馒头。"

老金很少在办公室里坐一整天，他经常背个相机在下面跑。刘华也喜欢摄影，他们两人都是当时刚刚创刊的《中国石油报》的特邀通讯员。团委那边的三张办公桌儿，好多时候就是搞内勤的李建华一个人坐在那儿。

李建华一个人在办公室时，她不是修指甲，就是涂口红、照小镜子。要么，就是跑到我办公室里来，看我材料写到哪里啦。我的办公室与她们团委的办公室斜对门儿。她到我办公室，或者是我到她的办公室，抬脚便到，就跟一个办公室一样。

有几回，她一个人在房间里整理文件时忘记了下班时间，我敲着饭盒，路过她办公室门口时，提醒她："下班喽——"或者跟她幽默一句，说："喂脑袋去——"

"啊——都下班啦？"

那样的时候，她会慌慌忙忙地拎起桌上的小包，嘴里一边说着"回家回家回家"，一边"噔噔噔"地往楼下跑。

有两回，她"噔噔噔"地跑下楼，又"噔噔噔"地跑上来，一把推开我的房门，连声喊叫着我的姓名，说："快快快！把你的雨衣找给我，外面下雨了。"

有时，外面下雨以后，她便不急着回家，而是在她自个的办公室窗口那张望一阵子，又跑到我这边来张望，好像她那边窗外下雨了，我这边窗外就没有下雨似的。

当然，那样的时候，她在我的房间，或是我到她的房间里，两人会天南地北地说笑一气儿。回头，她看窗外雨小了，穿上我的雨衣就走了。

有一天，下班以后，她站在我的窗前往外张望时，不知是什么原因，看着远处的那片"砖头压油毡"，也就是她家的那个方向，莫名其妙地落下了泪水。

那种一声不发，又默默落泪，怪让人揪心的！

她那段时间正与男朋友闹别扭。当天是不是因为她男朋友的事情让她落泪，我不是太清楚。我把门后的毛巾递给她，让她擦擦眼窝里的泪水。其间，我好像还问了她一句："你哭什么？"

她接过我的毛巾，擦了擦脸上的泪，没有跟我说她为什么哭，而是静静地站在窗口那儿，手中握着我的毛巾，半天一动不动地背朝着我。

一时间，我不知所措。

末了，她两眼红红地转过身来，把毛巾给我挂到门后的挂钩上，默默地走了。

那个时候，我傻巴拉儿的，不会安慰人，更不晓得去揽揽她的腰肢、给她一个"肩膀"，只觉得她哭成那个样子，一定是遇到了什么不顺心的事儿。

后来，我从老金那儿得知，她确实是与男朋友分手了。

老金跟我说她与男友分手时，已经是临近当年的春节了。我记得那天下午，机关里分带鱼，李建华没来上班，老金把一盒包装很整齐的带鱼拎到我办公室，让我下班以后，送到她们家。否则，那冰好了的带鱼，若是在办公室里开了冰，就不好保存了，甚至会散发出不好闻的气味儿。

我问老金："她们家住在哪？"

老金说："你到家属区一打听就知道了。"

还好，当晚我拎上带鱼找到家属区以后，几乎没费什么事儿，就找到李建华她们家了。

不巧的是，当晚李建华没在家。她看电影去了。她母亲在家。

我放下带鱼要走。李建华的母亲拦住我，一面让我等李建华看完电影回来再走；一面给我倒水、跟我说话儿。我看老人那样热情，不好立马转身就走，就那么在她们家沙发上坐了一小会儿，听她妈这样那样地问了我一些什么，便执意起身告辞了。

第二天，李建华背个小包来上班时，先拐到我办公室里来，没头没尾地说了我一句："你去我们家，也不提前跟我说一声。"说那话时，她瞥了我一眼，似乎是很不情愿地给了我一个媚眼儿。然后，便没有下文了。她转身回她团委办公室里去了。

我那阵子，正与现在的妻子处对象，似乎没有把李建华的事儿放在心上。她好像也没有把我送带鱼不送带鱼的事儿放在心上。甚至于，我往她家送过带鱼以后，她都很少到我办公室里来了。时而，我听到她的高跟鞋"咔！咔！咔！"地从我门前响过时，原认为她会推门进来跟我说会儿话儿，可转瞬之间，她那高跟鞋的响声，便渐行渐远了。弄得我心里还怪空落的。

春节时，我回苏北老家，与现在的妻子订下了婚事，并于第二年春夏之交调回地方政府机关工作了。

当年后秋的一天，我忽而接到李建华的来信。信的内容很简短，大概的意思是告诉我，她马上就要结婚了，新处的男朋友也在油田工作。并随信寄来了她们两个人的合影，二寸的，半身黑白照。印象中，那张照片的周边，镶有小狗牙一样的"锯齿齿"。这是那个年代较为珍贵，也是较为流行的照片了。

我把那张照捏在手上，来回端详着他们两人头挨头的样子，感觉他们相处得还挺好的。两人在照片中，都冲着我微笑呢。

我依据李建华的身高，初步判断出那个男人可能没有我高。长相嘛，也说不上能比我好多少。那话，是我自个儿在心里瞎乱想的，因为，人家处对象，我拿自己与人家瞎比干什么。

◀ 老 杜

　　老杜是我的大学校友。

　　我想去拜访他，或者说我想去与他套套近乎。但我一直没有那样的勇气。他可能比我高两三届。我到羊儿洼油田的时候，他已经是我们厂部办公室的主任了。是书记、厂长身边的红人，地位非常显赫的。我那时候刚出校门，正在总厂下面的一个采油小队上"倒三班"，感觉自己像只地仓鼠一样，整天穿件灰乎乎的"道道服"，白天黑夜地穿梭于旷野里的"油路"上，很是无奈地去接受为期一年的基层锻炼。

　　后秋里的一天，我利用"倒休"的时间，到厂部那边去办点什么事情，有意无意地拐到厂部去。远远地看到老杜披件黄呢子大衣，正在一辆乌黑的小轿车跟前，与车内的人打着手势说什么。

　　当时，厂部办公室还在羊儿洼那边的一个古河套的陡坡上，几间房顶上压着乌坨坨油毡纸的木板房，如同当今机关大院的传达室一样，坐落在一处篱笆墙围起来的四合院的出入口处。

四合院里边，同样是一色的一间一间的木板房，那便是厂长、书记们办公的地方。

厂里领导要乘车到上面管理局开会，或是到下面现场去指导工作，打个电话到厂部办公室，老杜或是老杜手下的秘书们，就会把车辆安排在那个"篱笆院"的出口处等候。赶上厂里两个"一把手"——书记或是厂长要外出，老杜都是亲自在那儿迎候的。

我去厂部拜见老杜的那天下午，他可能刚把书记送上车。但那辆"甲壳虫"一样的小轿车开出好远以后，他还站在后面的烟尘里观望。我感觉他那一阵子应该是没有什么事情，便给自己壮了下胆子，穿越那股子淡淡散去的"烟尘"，去厂部办公室里见他。

当时，羊儿洼油田正处在会战初期，厂部办公室统管着全厂的车辆调度。送班车、拉货车、现场抢修的生产用车，以及职工家属去县城购物的"通勤车"，都要经过厂部办公室那边派"出车单"。

现在想来，那个时候的厂部办公室，如同城郊大车店一样，整天敞着门。等车的、接人的，还有等候领导人用车的小车班的司机们，全聚集在厂部办公室里。

好在，当时的厂部办公室分里外间。老杜和他手下那些个"文秘"们，在"隔断"里面一间板房里办公。"隔断"外面是两间板房连在一起的"筒子房"，正当中摆着一个堆满杂物的乒乓球台子，还有锣鼓家什以及斜靠在墙角的一卷子、一卷子红旗，旁边一个木柜子里装着一台大彩电。那在 80 年代中期，可是一件很不错的电器了。

等车的、接人的，尤其是小车班的驾驶员们，全围在那面早已经没有球网的乒乓球台边上喝茶水、抽烟、剪指甲、剜耳屎、看电视、消磨时间。"隔断"里面的文秘人员，不时地在打电话、发通知、写文件、开派车单子。

老杜的办公桌在"隔断"里面靠墙角的地方，但他很少坐在那儿。老杜斜披着件黄呢子大衣，一会儿在"隔断"里面接电话，一会儿又到"隔断"外面来看过往的车辆和电视里他喜欢看的节目。老杜好像不管什么具体的事情，只负责厂里主要领导人的出行。有时，书记、厂长们下基层指导工作时，他还要夹着个小包陪着。

我走进厂部办公室那会儿，老杜正手握茶杯，坐在"隔断"外面的乒乓球台边，与几位胖乎乎的驾驶员看电视。

就那，我见到老杜时，还是很拘谨地先叫了他一声"杜主任"，紧接着，我说出了自己的姓名和我们两人母校的名称。

老杜一听，起身拉了我手一下，说："知道！知道！"

老杜说的"知道知道"，可能他已经翻阅了那一年分配到羊儿洼油田的大中专院校毕业生的名单（档案），并在那些名单中，找到我是来自他的母校。所以，我找到他时，他并没有感到怎样吃惊，而是很友好地比画了一下乒乓球台对面的电视，说："去搬把椅子。"

老杜那意思，是让我坐下来陪他看一会儿电视。印象中，当天电视里正在转播中国女排与日本女排的一场对抗赛。

我看乒乓球台周边没有空着的椅子，便到"隔断"里面去找。

可"隔断"里面，三四个年轻人正在那一人一桌一椅地忙活手头的事情，没有我想象的那种小圆凳子，或是那种可以折叠的简易座椅之类，只有靠里面墙角那儿，有一把乌亮亮的老板椅。直觉告诉我，那是老杜的座椅。我没敢去动它，而是空着手从"隔断"里面出来了。

老杜看我空着手出来了，便问我："椅子呢，你搬出来坐呀。"

我笑了下，说："没事，我站站就行了。"

我说的"没事"，就是不好意思搬他那把可以转动的老板椅。老杜看出我拘谨的神情，他坐在那儿，脸往肩头一拐，冲着"隔断"里面说："你们搬把椅子过来。"

话音未落，就听"隔断"里面两三把座椅都在响动。想必，那里面的几个小伙子都在让座椅给我。

我说："不用不用。"

可里面的小伙子听到老杜的声音后，如同乡下杀年猪时的乡邻帮手一样，两三个人连拉带抬地扯拽着一把转椅，从"隔断"里面"吱哟吱哟"地拽了出来。我不知道那把转椅是老杜桌前的那把老板椅，还是他们几个年轻人自个屁股底下腾出来的。一时间，我感到很不好意思。

老杜却冲着那椅子，很是平静地说："坐！"

我心怀忐忑，好像很害羞的样子，没有马上去坐。

老杜又跟了一句，说："坐，看会儿郎平。"

当时，中国女排已在世界夺冠。郎平、孙晋芳她们正红遍大江南北。大家看女排时，目光大都盯在郎平那把"铁榔头"上，尤其是郎平跳起来，仰面把自己的身体拉成一道倒弯的"月牙儿"时，看球的人都在等着下一秒里为她的"弹跳扣杀"而鼓掌呢。

我那时也是个排球迷。可那天下午，我看球不在状态。以至于郎平跳起来连连"扣杀"，我都没有激动起来。我只是手足无措的样子，坐在老杜身边观看了一会儿电视画面而已。

接下来，我是怎样与老杜搭话的，我不记得了。我只记得自己坐在老杜身边，或者说坐在那把"转椅"上，如坐针毡一样很不自在，大概时间不久，也就是电视里球赛暂停的空当，我便起身告辞了。

老杜与我客气了一下，起身想送我，可电视里的球赛又开始了，我让他坐在那儿不要起身，他冲我挥了下手，也就坐在那儿没动。

那是我到羊儿洼油田以后，去见老杜的第一面。

后来，也就是当年年底，我被组织部抽调到总工会写"劳模"材料时，老杜已被委以重任，到下面一个采油大队去做大队长了。

老杜去的那个采油大队，是羊儿洼油田最为核心的采油区，有八九百号职工，下辖六个采油小队。每天产油、输气的数量，是整个羊儿洼油田总数的 70% 还要多。书记、厂长们，一往基层"要产量"，就跑到老杜那边去了。

老杜每天要盯住队上的报表。也就是当天向总厂上报的产油、输气和往地下注水的那几个关键数字。有时，某一口油井的产量下降了，那就要加大注水量，以便把地下岩层中的原油（石油）顶上来。再者，就是把好统计报表的"关口"，确保每天的产油、产气量的稳步上升。总厂那边的领导，一看到老杜这边的产油、产气量上去了，就来给他们开庆功会。

产油区的庆功会很简单，就是把刮干净的一头头大肥猪，绑上红绸缎、戴上大红花，一路敲锣打鼓地送到他们职工食堂。让那里的干部职工，吃上猪肉炖粉条，就是对一线采油工人最好的鞭策与鼓励了。

其间，也就是老杜感觉他在大队长的位置上干得很不错，极有可能要升任总厂的党委成员，或是副厂长时，上面的一纸调令，给他换了岗位——把他从一线采油区，调到厂部劳动服务公司，去管理几个老娘们打扫厂区卫生。

老杜调整后的职位，官称劳动服务公司经理。其实，徒有虚名。十几个家属工人，一大早起来扫扫院子，不到十点钟，就各自回家烧菜做饭去了。

老杜当然不情愿。

组织部找他谈话时，说是工作需要。其实是上面接到群众来信，说他在下面胡搞。说得具体一点，就是说他好大喜功，过于追求油井产量；还有报表上弄虚作假。并说他与那边统计员私下有瓜葛。当然，最主要的，还是他的后台没有了。

老杜到下面去做大队长期间，赏识他的党委书记调走了，而与书记相克的厂长，把书记、厂长的担子一肩"挑"起来以后，哪里还会有他老杜的好果子吃呢。

老杜不服气。他把自己在下面的业绩——奖状、奖杯和各种立功受奖的匾牌，装了满满当当的一车兜儿，原计划回到总厂以后，他要在厂部那边摆一摆，让厂部这边的干部、职工们看看，他老杜在下面做了多少实事。再者，他也想利用那些奖证、奖杯，还有他离开时，一部分追捧他的职工送给他的"当代愚公""敢为人先"的锦旗与牌匾，以此来"指责"厂领导对他的任职不公正，或者说是用人不当。

可那个当口，老杜的几位同乡好友，纷纷跑来劝他，让他千万不要再出风头，硬是把老杜原先想好好张扬一下的想法给压下了。否则，他可能连那个劳动服务公司经理的职位都很难保住。

老杜被"贬"时，厂部机关已经从原来的木板房，搬进了一栋单职工宿舍改装的四层大楼里办公了。我那时间刚好被厂部抽调到总工会来写材料，临时吃住在工会办公室里。

老杜知道我从基层调到厂部工作后，他选在晚间下班后，大楼里人去楼空时，找到我办公室里与我玩耍。怎么说，咱俩是校友。我对他很亲切，他对我也很不错。

那个时候，我房间里有个小电炉子。我不想到机关食堂去买饭时，就在房间里煮粥或是打个鸡蛋煮面条子吃。老杜看到我房间内可以起灶，他隔三岔五地夹两滚子干面，或是拎只烧鸡、猪拱嘴啥的，来跟我喝两盅。

醉酒以后，老杜仰面躺在我的被垛上，时而单臂搭在脑门那儿，醉红着脸，叹气！但他不说话。也就在那期间，我知道他在队上任大队长期间，与那边那个年纪比他小很多，长相又很好看的统计员真是有故事。

老杜的爱人在两三百公里外的另外一家采油厂上班，他们夫妻关系一直都很紧张。但老杜对队上那个统计员真是有些爱慕。他把那姑娘的照片从钱包的夹层里抽出来给我看,鸭蛋脸,乌亮亮的一头秀发,还戴副亮闪闪的琇琅镜,怪有女人味道的那种。我捏着照片,先夸赞了一句说很漂亮。随后,我又说:"好年轻哟!"

我说的"好年轻",是拿当时老杜的年龄与那个统计员相比较的。

老杜一边收回照片,一边说:"相差九岁。"说完,他又暗自轻叹了一声,说:"随她吧!"

当时,我不知道老杜说的"随她"是什么意思。但我能感觉到那段时间里,老杜的内心深处,极为苦闷!

转过年,我从油田调回地方工作后,与老杜通信时,问到他的工作与生活情况。老杜给我回信,说他各个方面都很好!

其实,老杜那时间已经辞职下海,到俄罗斯口岸那边跑皮货买卖去了。但那个比他小九岁的统计员嫁给了他。所以,老杜的新家,一直留在羊儿洼油田。

我大学毕业 10 周年时,同班同学在北京聚会期间,我专程拐道去看他。老杜很感动。他回头来,把我送到北京西站,争着抢着给我买了一张返程的卧铺票,还是软卧的。

那张蓝莹莹的软卧票,我至今还保存着。

◀ 红　娘

现在我还能记得，那天下午，我正趴在桌子上埋头赶写一个材料。忽听房门"吱呀"一声响。或者说是"吱"地半声响。因为，房门只被推开有一拃宽，便被对方伸手把住了。那种感觉，如同一个放歌高唱的人，刚一起声，忽感音调起高了，戛然又停下，回头去凝望音响师调试最适合的音阶一样。

她站在门外，单手扒住我办公室的房门，侧身只露出半张粉白的脸。我当即认出来，她是我们图书馆的祁玉玲。

那个时候，有位电影演员的名字叫陶玉玲。所以，机关里叫张玉玲、王玉玲的，或者是李翠玲、刘桂玲的女同志非常多。不亚于当今"抖音"里划到自己身边的熟人在那儿展示才艺，碰头打脸的。

她趴在我房门那儿，跟我躲猫猫一样地在那儿张望我。想必，她知道我在写材料，不好意思进门来打扰我。

我那时是厂总工会新调进来的大学生，系统内上上下下，都知道我是"笔杆子"。所以，基层工会的工作人员到厂总工会来办事时，一般都不惊扰我。

祁玉玲那天可能是来我们工会报账的，我看她手里拿着一沓子张贴好的报销单据。

不巧的是，当天会计有事没来，她便摸到我办公室里来了。她趴在我房门那儿，既想进来看看我，又不想进来打扰我。

我看她不吭声，我也没有言语。但我下意识地向她招了招手，示意她推门进来。

没料想，我这一招手，可惹出了麻烦了！她当即笑呵呵地嚷嚷起来，说："好你个大学生，敢这样招呼我，看我不打你的。"

说话间，她还真是向我举起了拳头。但她那小馒头一样的"美人拳"，只在半空中停留了很短暂的时间，也就是从房门走到我办公桌的那点距离之间，她那举在半空中的美人拳就自然消失了。

她先是伏在我办公桌上，看了看我写的那些小蝌蚪一样方块字，问我："你又在写什么呐。"

我说："还是那一组劳模材料。"

"还没写完呀！"

我说："快了，还有七八个。"

"我的妈呀，还有七八个，愁死我了！"

她说的"愁死我了"，是指换作她去写那些"劳模"材料，一准儿就把她给愁死了。可话说到那儿时，她瞬间又把话题转到我刚才招手让她进屋的举动上了。她说我那样掌心朝上地向她招手，是招呼小猫小狗的。言下之意，我那样向她打招呼，是对她的不恭敬。

"叫我姐，快叫我姐。今天你不叫我姐，我就不放过你！"

祁玉玲那样逗我时，显然是说我那样向她招手，是对她不恭敬，她就要那样跟我闹一闹。

祁玉玲原先在下面一个油井维修作业大队里上班。

油井维修作业大队，简称作业大队。是个男人多得要命，女人少得可怜的雄性单位。他们的职责是维修油井，说得直白一点，就是给油井治病。

采油队里，哪一口油井喷不出油了，厂部生产技术科给他们开"派工单"，通知作业大队派人到井下放炮，疏通地下岩层的"油眼"，把油井的产量提升上来。再者，油井管壁上结蜡了，地下原油顶不上来，那就让作业大队的男士们，去给油管刮蜡，把油管壁的石蜡清理干净。

期间，不管是"刮蜡"还是炸"油眼"，说起来简单，真到了现场去操作，哪个人不弄得满身油污。这么说吧，厂部公共浴池那儿，一听说作业大队里的"油鬼子"们从井上下来了，那些端着脸盆，拿着毛巾、肥皂，准备来洗澡的人，立马调头回去了。原因是，那帮"油鬼子"一下浴池，整个水面上就会漂起一层子乌黑的"油花"。

好在，作业大队里，清一色的男士，就祁玉玲一个女人。她很少会把女澡堂里弄脏。祁玉玲不到油井上去，她在队部接电话、填报表。有时，她也跟着那帮男人们在外面小酒馆里吃小鸡，喝啤酒。

作业大队的职工奖金高。晚间，油区这边餐馆里闹酒的，大都是他们作业大队里的男人。

祁玉玲在那样一个男性群体里周旋了有好几年。后来，因为一件羞于启齿的事情，她丈夫把她从作业大队里给调出来。

说起来，那也不算什么事儿。

那天，临近下班的时候，祁玉玲急着填写当天的报表，找到她们作业大队的领导核对数据，领导说："我这会儿正忙着，你晚上到我家去吧。"

他们都住在一个小区。

晚饭后，祁玉玲要去找她们领导商讨报表的事情时，她丈夫正好也没有什么事情，夫妻俩就如同饭后散步一样，结伴去了。

可巧，那天晚上领导的夫人回娘家，就领导一个人在家。祁玉玲的先生顿时就起了疑心。当晚回去，夫妻俩干了一架。事隔不久，祁玉玲的丈夫托关系、找门路，把祁玉玲从作业大队给调到厂部总工会图书馆工作了。

我到总工会工作时，祁玉玲已经在图书馆那边工作了。她经常到我们总工会来汇报工作。

厂部的图书馆、阅览室，包括工人俱乐部、电影队，都属于总工会这边主管。所以，祁玉玲来我们总工会以后，就会找领导说事情。譬如：部分图书破损严重，需要汰旧换新；当年的新书上市了，要购进一部分新版的图书来满足读者需求，等等。再者，就是图书馆的桌椅坏了、门窗玻璃裂了。还有打扫卫生的拖布、畚箕啥的，都用到不能再用的地步了。

可有一天上午，我们机关这边刚一上班，祁玉玲情绪非常不好地跑来，说她们那边遭遇小偷了，半夜里把图书馆的借书押金都给偷走了。

办公室主任问她："你押金放在哪里的？"

祁玉玲指指主任办公室的抽屉，说："就放在这样的抽屉里的。"

"你上锁了没有？"

她想了想，说："锁了！"随后，她又补充说："谁会想到，小偷会盯上我抽屉里的那点押金？"

"总共有多少钱？"

她刚开始说七八百，转而又说一两千。

"到底多少钱？"

祁玉玲想了半天，也没有说出个具体数字。

主任说她是一笔糊涂账。

我那时候一个月的工资是 72 块钱。也就是说，祁玉玲丢失的那些押金，可能顶上我一两年的工资钱了。

这在当时，已经是一笔不小的数目了。

接下来，也就是办公室主任问到她押金到底有多少的时候，祁玉玲哭了。

我们主任看到祁玉玲落泪，立马就心软了，缓和了一下口气，问她："你报警了没有？"

祁玉玲说："没有。"

主任说："那好！"嘱咐她暂时先别报警。因为，一旦报警，就会显现出总工会在管理上的漏洞。同样是位女士的办公室主任，扯过泣不成声的祁玉玲说，你先回去查查押金款数。同时，又叮嘱她看看图书馆里还丢了其他物件没有。至于，押金的事情，主任说等她这边跟领导汇报以后，会给她一个说法。

祁玉玲听主任那样一说，抹着泪水走了。

可在场的人跟着散开以后，又聚拢到别的办公室去议论，大家说——

"她留那么多现金在图书馆干什么？"

"对呀，咱工会这边不是有保险柜吗，她怎么不把那押金款，送到咱们这里来保管？"

再者，有人提出来，谁来办理借书证，总是要先付押金的，查查总共办理出去多少借书证，自然就知道丢失了多少押金。她怎么在图书馆工作了那么长时间，连图书馆里办理了多少借书证、多少押金钱都说不清楚呢？

我那时候刚到总工会工作，对工会上上下下的人事关系不是太了解。但我从大伙儿的议论中，似乎能感觉到大家对祁玉玲的印象不是太好。尤其是后期，领导在处理祁玉玲丢失押金款的那件事情上，更是出乎了大伙儿的预料，厂领导让我们总工会办公室用"小金库"里的钱，先补了那个"窟窿"。

一时间，大伙儿都在猜测，说祁玉玲那个女人，在那件事情上，十之八九，是动用了什么关系。

我不知道祁玉玲有什么关系？我只感觉祁玉玲那人挺好的。起码是对我挺好的。

我刚调到总工会工作时，她很关心我的个人问题，天天盯着我问："大学生，有没有对象？"

当时，好多人不知道我的名字，都知道我是从基层抽调上来的大学生。所以，都很笼统地喊我"大学生"。

80年代中期，大学生可是各个单位的香饽饽。她们那样喊我，胜比当今的"美女""帅哥"还要顺耳儿。

有一天，她突然跟我认起真来，问我："大学生，你到底有没有女朋友？"

我笑了一下，说："没有。"

"真没有？"

"真没有。"

其实，我那时间在老家已经处了一个女朋友，只不过还没有正式定下来。

祁玉玲一经证实我没有女朋友，便说："那好，我把我侄女介绍给你？"

祁玉玲说她侄女非常漂亮！个条嘛，苗苗的，说着说着，她比画起我办公室的文具柜，说她侄女的身高到这儿

她比画的那个高度，都快要赶上我的身高了。

说到她侄女的皮肤时，她先把自己的衣袖撸起来，指着她手臂内侧的白嫩处给我看："比我这里还要白呐！"

我笑。

她说我："你傻笑干什么，老姐跟你说的是正经事呢。"说话间，她还假假地伸出手来，要去拧我的耳朵，让我长长记性。

不过，后来我一直没有见到祁玉玲的侄女。原因不外乎有两个方面。其一，那段时间，我女朋友经常从她读书的学校给我写信，总工会这边的人，可能猜测到我正在谈女朋友，祁玉玲也就不好再跟我说她侄女的事了；再者，我在总工会办公室上班，每天人来人往。倘若祁玉玲那侄女与祁玉玲的心眼子一样多，她完全可以装作到机关来办事的样子，从头到脚地把我都给看遍了，我都一点不会知道的。也就是说，祁玉玲那侄女可能没有相中我。所以，那件事情自然也就没有下文了。

◀ 床　单

组织部通知我到总工会去写材料时，我如同在大学里去阶梯教室进而上大课一样，腋下夹着两本书，就到厂部那边报到了。

"你的行李呢？"

总工会办公室里，办公室主任瞪大了两眼问我。

我说："在队上呀。"

"在队上？"办公室主任皱了下眉头，问我："你不住在这边吗？"

是呀，我来厂部这边上班，晚上下班以后，可怎么再回到我实习的那家采油小队上去过夜呢？两地相距几十公里呢。

"哎！你这个孩子。"

那个年龄与我妈妈差不多大的办公室主任，冲我轻叹了一声后，随手摸过她桌子上的电话，连续划出一串数字后——转盘式划动数据的那种电话。

电话那端刚传来"喂"的一声，主任立马断定出对方的身份，将电话听筒往耳边靠了靠，说："是小赵吧，还要给你添点麻烦。我们这边来了个大学生，年终写劳模材料的，你看看招待所那边还有没有床铺了，让他先住上几个晚上。"

主任在电话中说，让我先住上几个晚上时，我知道自己的住处有了着落，心中的一块"石头"随之落地。刹那间，我忽然感到内急——想去撒尿，便转身到楼道里去找卫生间。

回头，等我从卫生间里回来，主任已经把她房门对面一间屋子打开，一面告诉我就在那间阴面的屋子里写材料，一面趴在北面的窗沿上指给我："那里，看到了吧。"说话间，她随手把窗户打开，往楼下指了指，说："你先到下面招待所去登记住下来。"

我往窗下望了一眼，有两间白顶子、蓝板壁的木板房，摆在我们办公大楼后面，与我们这栋四层的办公楼，正好形成了一个"前堂后院"，中间隔出来的空地儿，足有一个篮球场那样大。当中停满了卡车、轿车、油罐车和带有钢索架的油井抢修车，难怪我刚才上楼时，没有注意到那两节火车厢一样的木板房。想必是被院子里那些车辆给挡住了目光。

这会儿，我居高临下，清楚地看到了那两栋随时都可以移动的木板房。那在当时，可是我们油田上最好的"活动房"了，它的密封性能特别好，带保温层——夏天太阳烤不透，冬天寒风吹不进去。不像我在采油队上住的那种"大通道"式的木板房，半夜里耗子都可以爬到我的床上寻找食物吃。只可惜，楼下那两栋白顶子、蓝板壁的木板房，已经不是那么新崭了。房顶上的白漆都有些脱落了，门窗间板壁上的蓝色也不是那样鲜艳，可能是经历了一两个夏天，褪色了。就那，远比普通的木板房要好很多。

主任让我到那儿去登记，我转身就要下楼去。主任又在身后喊住我，说："你先到二楼去找赵秘书，让他给你开个住宿单。"

那个时候，厂里的招待所名义上隶属于劳动服务处管理，但它真正的使用权在厂部办公室。它不对外，只供本厂干部职工使用。一般是上面管理局领导下来视察工作，午饭以后需要临时休息一下，厂部办公室的同志就会直接把客人带过去；再者，就是晚间厂部这边召开生产调度会议开得太晚，又赶上雨雪夜，办公室会安排路远的同志到招待所临时住上一夜。像我这样，类似于外单位到厂部来办事的客户，要想到招待所住宿，需要到厂部办公室去开"住宿单"，以便于内部走账。同时，也好让厂部办公室那边掌握到招待所铺位的使用情况。

因为，招待所的铺位是有限的，那两节火车厢一样的木板房内，满打满算也就是十几张铺位。招待所里的服务员，是厂区内部一个家属工，说得具体一点，是我们小车班的司机大梁子的媳妇。

大梁子是土生土长的羊儿洼人。油田在羊儿洼打井、修路时，占用了地方上的土地，地方政府要求油田带走一部分农民到油田工作，以便减少他们土地"流失"以后的农民吃饭问题。大梁子就是那个时候，以"土地带人"的方式，招工到油田上给领导开小车的。

当然，这里面不外乎大梁子家在县上有人。否则，80年代初期，就凭大梁子那个矮胖胖的身板儿，他做梦也不会想到，一夜之间，他就成为油田上的正式职工。但大梁媳妇不是油田上的工人，她只是借了大梁子的光，临时招募到厂部后勤处做些事情。就那，也是大梁子在领导面前说了好话的。不过，大梁媳妇长相还蛮好的，白白的皮肤，细细的腰，再加上她涂抹着口红、烫了发、领口那儿见天还打着个蓝丝带的蝴蝶结儿，乍一看，比油田上的采油女工还要洋气，尤其是她领口下的那个蝴蝶结儿，就跟飞机上空姐那小花领似的，怪俏丽呢。

　　我到办公室开来"住宿单"，找她登记要床铺时，她正高挽着衣袖，裸露出两只嫩藕段一样的手臂，在板房门口的洗衣机里往外扯拽被单子。我扬着办公室给我叩上红印章的"住宿单"，想递给她时，她向我示意她两手都是湿的。但她用眼睛告诉我，让我把那"住宿单"塞进她胸前围裙上面那个香烟盒大小的布兜里。

　　那一刻，我闻到了她身上的香气，看到了她那一双冲我扑闪扑闪的浓眉大眼儿，她问我："你多久来住？"

　　我说："今晚。"说完，我又告诉她，我可能要在这里多住几天呢。

　　她上下打量了我两眼，又问我："你是干啥的？"

　　我说："我是今年分配来的大学生，临时抽调到总工会来写劳模材料的。"

　　"噢——"

　　她一个"噢"字咽回去半截，转而对我说："床铺我还没有整理呢，你先进去看看，看好哪个铺位告诉我。"说完，她又猫下腰，低头去扯拽她洗衣机里那湿呱呱的床单、被罩子去了。

我弯腰钻进板房内，一间一间，或者说是一个隔断、一个隔断地看了看，感觉北面推窗可见一片原野的那间怪好呢，出来以后，我就告诉她："北面，靠里头那间。"

大梁子媳妇"嗒"一声，抖动她手中正要往线绳上晾晒的床单，就算是回应我了。

回头，我转身要走，她又问我："你住几天？"

我想了想，说："不知道。"

她说："你要是住的时间长，我建议你还是住到阳面来吧，阳面有太阳。"

她那样一说，我忽而明白过来，阳面有太阳。于是，我当即改变了主意，说："好！那就住到阳面吧。"

"哪间？"

我说："随便你。"

我刚才看过了，板房内一间一间隔开的小房间都差不多，无非是一张窄窄的床铺，外加一个火车上小茶桌那样可以折叠起来的小茶桌。我认为住哪间都一样。所以，我跟她说随便哪间都行。

可当晚，我去找她要床铺时，她还是把最里面的一间留给了我，并告诉我刷牙、洗脸在门外，也就是她白天洗衣服的那个水池子那儿；要用热水，可以去大楼里打，也可以用电热器自己烧。

大梁媳妇说的电热器，土称"热得快"。是那一个时期较为流行的小型电器设备了，长长的一个"u"型管，如同农小院里的丝瓜一样长，自身带个暖瓶塞儿，若需要烧水，可直接将那"u"

型管子插入暖水瓶内，通上电源，就可以把装进暖水瓶中的水给烧开。

大梁子媳妇还告诉我，说大楼里晚间没有开水，只有温水可以洗脸、洗脚，要想用开水，就得用她那"热得快"自己烧。并嘱咐我，用"热得快"烧水时，一定要把壶中的凉水加满再烧，否则就会把它给烧爆了。

说那话时，她还指了指门后几个挂成一排、表面上如同落满了霜垢一样的"热得快"，说那些都是客人们急着想喝水，只在暖瓶里加了一半的水，就把它给插上烧坏的。说完那些，她还向我交代了夜间熄灯、出门上锁等一些注意事项。随后，她围上围巾，骑上门口那辆等候她一整天的粉色自行车，很像是大楼里的"白领"一样，精气神很好地回家去了。

第二天一早，她还没来上班，我在门外那个像喂马槽一样的水池子里洗了把脸，就到楼上办公室去了，一整天我都在楼上没有下来。晚间，我在办公室看了会书，再下楼时，大梁子媳妇已经下班回家了，但她把一串钥匙，还有我床头的那盏"罩子灯"事先开亮等着我。

一周以后，厂里领导要留我长期在厂工会上班时，办公室主任便让我在办公室支了一张乍乍的钢管床。

我到楼下收拾物件并与大梁子媳妇提出来，想借她招待所的被褥，临时先用上一段时间。大梁子媳妇很是爽快地就答应了。

回头，我抱上被褥要走时，她把我一周前拿给她的"住宿单"，从一个小木板的铁丝钎上找出来，前后多加了一天住宿时间。另外，又在背面写上一句，说我用坏了一个"热得快"。

我看她在住宿日期上"加码"，觉得那没有什么，反正是总工会内部走账。问题是，她给我加进了一个烧坏了的"热得快"，那要是让我们工会领导知道了，不得说我个新来的大学生办事毛糙，损坏公物吗？

所以，大梁子媳妇让我签字时，我有些犹豫，她便用肩膀顶我一下，说："客人给我烧坏的，你不给我顶一个，让你老姐自个掏钱赔呀！"说那话时，她还冲我噘了噘她那红丢丢的小嘴巴，说："反正你是公家报销的，签！"

我一乐！大笔一挥，就把我的大名签上了。当然，这里面不外乎我怀里正抱着她借给我的被褥呢。人家对我好，我为她承担一个"热得快"，那又算得了什么呢。

接下来，我白天在楼上忙于写材料，似乎很少去关心楼下招待所里的事情。偶尔，听到楼下小车鸣喇叭，我也会抬头往窗下望两眼，时不时地还能看到那个胖墩墩的大梁子，把小车停在招待所的门口呢。

那样的时候，不是大梁子从小车上往下拎包裹、搬东西，就是大梁子媳妇往车上拎物件儿。有时，大梁媳妇还会帮助大梁子在那洗车子、擦车子。

晚间，我一个人在楼上时，看不到大梁子媳妇。但我从楼下招待所的灯光中，能判断出当晚招待所里住了几位客人。至于，我从大梁子媳妇手中借用被褥的事，早就被我给忘到脑后去了。

后来，说不清是哪一天，大梁媳妇在楼下喊住我，并把我叫到跟前，问我："你那被褥要不要抱下来，我帮你洗一洗？"

那一刻，我才想起来自己的床上，还铺着她招待所的被褥呢。我连声说"不用不用"的同时，深感自己借用招待所的被褥时间太久，第二天便主动把床上的被子、褥子撤下来还给她了。但我还留了一张床单，我跟大梁子媳妇说："那床单，我刚洗过，等我铺几天，再还给你。"

大梁子媳妇嘴上说："没事没事。"可了几天，她又在楼下喊住我，问："你那床单要不要拿来，我帮你洗一下。"

我知道，她那是换一个口气，跟我要床单呢。我敷衍了一句，说："不用不用。"

过后，我去食堂打饭，或是到楼下办事，尽量不到她招待所那边去。有时，我看到大梁媳妇在那边踮起脚尖晒被单，我的目光偏不与她对接，或者假装自己很忙的样子，步履匆匆地就从她身边走过去，不想听她再跟我说床单的事。我甚至想，反正我又跑不了，等以后我把那床单铺得差不多了再还给她。

但我没有想到，偏偏就在这个时候，大梁子媳妇辞职，不在招待所工作了。据说，是因为男女作风上的事儿。

我听到那个消息的第一反应是，我该怎么还她的床单？倘若我赶在那个当口去找她还床单，她肯定是不会见我。当时，她被大梁子猛揍了一顿，正躲在家中羞于见人呢。我甚至想，她以后也不会到我们机关大楼这边来了。

那样的话，我若把床单还给现在负责招待所工作的服务员，人家会不会猜想我与大梁子媳妇也有什么瓜葛？当然，如果我不还那床单，就留在身边自己用，外人也不会知道。唯一能记住我欠招待所床单的人，也就是大梁子媳妇。可我怎么还她呢？

转过年，我从油田调回地方了。从那以后，我连见到大梁媳妇的机会都没有了。也就是说，我在大梁媳妇的心目中，可能永远欠下招待所的一件无法偿还的床单。

那种让我蒙羞的心结，纠缠了我几十年。时至今日，我都年过花甲了，一想起当初那张床单，我心中依然难以释怀！

◀ 当老师

　　我在油田上当过老师。但无人喊我老师。那段历史，我的个人档案里没有记载。事后，我也很少再提到。可现实生活中，我确实是做过老师的，前后有三四个月。

　　时间在 1985 年的夏秋时节。

　　1985 年是个什么概念？这样说吧，1983 年的"严打"渐入尾声时，油田上的"整治"之风，才刚刚开始。

　　我是在一天半晌，被我实习的那家采油小队的最高长官韩队长，叫到他办公室谈话的。

　　"来来来！"

　　韩队长看我从路边大柳树底下的"送班车"上下来，他便那样远远地招呼我。

　　当时，从我们那趟"送班车"上一起下来的有十几个人，都是熬了一个通宵"大夜班"的，个个像战场上溃败下来的战俘一样，疲惫不堪。韩队长冲着我招手时，我还认为他是在招呼别人呢。

没料想，韩队长看我没有在意他，直接点我的名字："大学生，就你就你就你。"

我到羊儿洼油田实习期间，几乎没有谁喊过我的名字，老的少的，男人女人，包括韩队长那样队部的领导干部，都很笼统地喊我"大学生"。

这在80年初期，可是很尊贵的称呼了。我们那时候的大学生，上学时"吃"助学金；毕业以后，国家统一分配工作，可吃香的。

那一年，组织上分配我到羊儿洼油田时，和我一起去的还有几个中专生，他们分别是天津团泊洼石油学校和承德石油专科学校的。唯有我的学历高一点，队上的职工都称呼我"大学生"。

"开饭喽——大学生。"

"大学生，看电影去。"

住在我旁边宿舍里的几个采油女工，每回去食堂里打饭，或是到队部场院去看露天电影时，总是会对着我的窗口，那样喊呼我。

但队上的"大尾巴狼""野骆驼""毛豆豆"他们几个刺头儿，与我打招呼时，可不是那样的——

"咣——"

他们中，不知是谁，看我在窗前的台灯下看书，上来就踹我的板房一脚。

等我推窗向外张望，那几个围候在"大尾巴狼"身边的家伙，早就没事人一样，敲着饭盒、晃着膀子走远了。

"大尾巴狼"是因为他脑后的头发留得过长，像个鸭屁股一样而得名。80 年代初期，社会上的年轻人流行于喇叭裤、蛤蟆镜，发式也是千奇百怪。同时，还时兴于打架斗狠。

"野骆驼"与"毛豆豆"，是"大尾巴狼"的"哼哈二将"。他们两个，一个嘴头子厉害——会讲歪理；一个惹事不怕事大——东诓西骗，手把还不老实，偷！

韩队长喊呼我，是想让我管教他们几个。但韩队长没有直接那样说。韩队长把我叫到队部兼他的个人宿舍，跟我东拉西扯，问我——

"你在这里'倒班'，还习惯吧？"

我点头说："还行。"

其实，哪里是"还行"。我一点都不习惯。尤其是上大夜班，晚上 11 点多就要到"班车点"上去等送班的卡车。然后，侧身抓住卡车帮子，在茫茫黑夜里，迎着呼啸的夜风，要颠簸四十多分钟，才能到达师傅领我实习的井站。

接下来，便是通宵达旦地不能入睡，眼巴巴地守着井站上那些"嗡嗡"作响的油气管道，每过两个小时，就要实时地记录下每一口油气井的气压、油压，并推算出它们的出油量、产气量。一点科技含量都没有的事情，偏偏让我个大学生在那里守了白天、守晚上——白班、夜班轮流转。还美其名曰——接受一线石油工人的"锻炼"。

那种"锻炼"，对于我来说，现场走一遍，就什么都知道了。哪里还用得着跟在值班的师傅身边白天黑夜地去"倒班"。

韩队长是"老石油"了，他能不晓得井站上那点事情吗？可我们几个实习的学生来了以后，他就像对待坏分子一样，不问青红皂白，一概把我们赶到下面井站上去"锻炼"。

眼下，我在队上早已经尝尽了白班、夜班的艰辛与无奈，他韩队长又返回头来，问我在井站上实习得怎样？

我能说什么呢？只能回答他还行。

要么，让我说"在井站上没有意思"，让我说"自己不想在下面井站上跑了，想到队部机关来"。显然，那不是我一个实习的学生所能直白的心境。

韩队长非常明白我的心思，但他跟我扯闲篇儿，问我："你在大学里学的是什么专业？"

我说："采油工程。"

韩队长没有读过大学，但他装作似懂非懂的样子，问我："书本上的《采油工程》，都包括哪些内容来的？"

我说："主要是研究油气从地下怎样开采到地面上来。"

韩队长一听我那话，当即表态，说："行啦行啦，就这个就行啦。"

说话间，原本盘腿坐在床上与我说话的韩队长，瞬间从床上滑下来，并用脚尖在床前找到鞋子，屋内来回踱着步子，交代我说："从明天起，你就别到井站上上班了。"

我说："嘛？"

"你在队上给我当老师！"

"当老师？"

韩队长说："对，当老师。"

我问："给谁当老师？"

韩队长说："下了夜班，没有事情干的那帮家伙们。"

我知道，韩队长说的"那帮家伙"，肯定是指"大尾巴狼""毛豆豆"他们几个。

我问："教他们什么？"

韩队长说："你就把你在大学里所学的《采油工程》，不不不，是采油流程教给他们。"韩队长一边说，一边告诉我，你把原油如何从地下流到地面的那个过程，向队上的职工们一步一步讲清楚。

我那时间刚出校门，大学里所学的《采油工程》，或者说采油流程，熟记于心。所以，韩队长让我不上夜班，专门在队上教职工们采油流程，我很高兴。

当晚，全队职工开大会，韩队长把我是大学生，如何有才华等等，猛夸了一通。夸到最后，韩队长做出指示——

"从明天开始，全队下了夜班的职工，以及倒班休息人员，一律到队部会议室，听大学生讲油气流程。"同时，韩队长还指派队上的"公勤员"，每天向我提供"倒休"人员名单，让我每上一堂课，都要做好考勤。

也就是说，队上的职工，只要不在井站上班的，一律要到队部，听我讲课。

这一来，我自感学有所用，挺得意呢。

可那晚散会以后，我在黑漆漆的夜里，一个人往宿舍里走时，猛然听到身后有人冲我打口哨。紧接着，还有土坷垃扔至我身边的草丛里。一时间，我不知道那是为我鼓掌，还是在讨厌我这个将要"冒傻气"的大学生。但我知道，那几个人是"大尾巴狼"他们几个坏家伙。

第二天，我按照韩队长的要求，如期给"倒休"的职工们上课。

教室里，那些平时我要喊师傅的男女职工，哪里是我想象的那样板板正正地听我讲课，他们一个个嘻嘻哈哈，如同看电影、赶大集一样，你推我搡地相闹成趣儿。"大尾巴狼""野骆驼""毛豆豆"他们几个可好，一进教室就打哈欠、伸懒腰，显然是没有休息好的样子。

接下来，也就是我点过名，转身在黑板上勾画地球的构造时，"毛豆豆"突然举手报告，说他要放屁，快憋不住了！

大家哄堂大笑。

其间，也就是"毛豆豆"报告他要放屁时，他还在我身后举起右手，用食指与大拇指做出"手枪"的模样，向我背后开火呢。

当时，我正面朝黑板，手中的粉笔正画着地下岩层构造，听到教室里突然爆发出异样的笑声，我就猜到是"大尾巴狼"他们在出我的洋相，尤其是听到"毛豆豆"要求出门放屁时，我装作啥也没听见，睬都没睬他。

我继续在黑板上勾画地下的岩层构造。我给队上职工上的第一课是《地壳运动》。我用最通俗的语言告诉大家，说地球是由地表、地壳、地幔、地核所构成的。同时，我还形象地把我们人类脑门上的皮肤与毛发，比喻成地球表面的森林与土层，即地表；我把地壳想象成人的头骨；而地下的原油，深藏在地下不同类别的岩层中，就相当于我们脑壳中的血液与脑浆。

应该说，我那样"血肉丰满"地给大家讲地下的岩层构造，已经足够吸引大家了。但我没有想到，"大尾巴狼"他们几个，不是举手要去拉屎、撒尿，就是趴在桌子上睡着了。当然，他们若真是趴在课桌上睡着了，也就好了，他们是假睡，呼噜打得震天响，故意搅乱课堂。

课后，我去队部找韩队长。

韩队长哪里还有工夫在队部里坐着，辖区内的井站上，不是油管子漏油；就是附近村庄的老乡把"油路"给断了，讨要"买路钱"；再就是总厂那边的各种会议，都需要韩队长亲自到场。

我是在当天傍黑时，守在"班车点"的大柳树底下，等到韩队长的。

当时，韩队长刚从井站上处理完一起跑油事故回来，下车以后，他脚上还粘着黑乎乎的污油，我走到他跟前想跟他说办学的事情时，他手持一节枯树枝，单腿支在路边一块大石头上，一边埋头抠着鞋底下的污油，一边跟我说话：

"怎么回事？"

韩队长有一搭、没一搭地那样问我。

我说："他们都不听话。"

韩队长好像早就料到谁不听话了，问我："又是'大尾巴狼'他们几个？"

我说："是。"

"那没事，你就把他们给我哄在课堂上就行。"

韩队长那话，让我听得直犯迷糊。啥叫"哄在课堂上"，难道是让我在课堂上哄着他们玩耍？眼睁睁地看着他们在课堂上出我的洋相不成？

我想不明白韩队长那话里的意思。

回头，也就是韩队长清理好鞋子上的污油，跟我一起往他的宿舍兼办公室里走时，他交代给我，只要能把"大尾巴狼"他们几个留在课堂上，别到处闹事，我办学的任务就算是大功告成了。

这一来，我心里有底了，敢情韩队长不是让我去讲什么《地壳运动》，以及地下地上的采油流程，而是设了一个"学堂"，让我把"大尾巴狼""野骆驼""毛豆豆"他们几个给"圈禁"起来，不给他们自由，不让他们到处去惹是生非。

那个时候，油田上经常出现打架斗殴的事件。油田公安派出所三天两头到各个井站上去抓人。更为出奇的是，井站上当班的职工，竟然还有人冒充当地老乡，去做一些偷油管、剪电缆的勾当，还有人入夜以后，去拦截采油女工的"巡井路"。

韩队长到上面开会时，带回来的"整风"任务是，哪家采油队上发生了刑事案件，年底的奖金，将"一票否决"。

也就是说，像我实习的那家采油田小队，如果当年发生了刑事案件，全队职工的年终奖就泡汤了，韩队长本人职务上的升迁，也将受到严重影响。

所以，韩队长想出各种招数，要保住他那"一亩三分地"里平平安安。他给"大尾巴狼"封官，让他在羊儿洼采油小队上当治安员——以毒攻毒；"毛豆豆"他们偷来当地老乡家的黑山羊，韩队长夜间跟着吃肉——显得他也哥们义气。白天再派人去老乡家里赔钱。就那，他还是没有收住"大尾巴狼""野骆驼"们的心，那几个家伙，三天两头给队上惹乱子。

我到羊儿洼的当天，因为队部没有给我腾出宿舍，韩队长让我临时住在一位回乡探亲的师傅床上，第二天天没亮，我起床晨练时，发现厂部配发给我的钢架床不见了。

我去找韩队长。

韩队长却喊来了"毛豆豆"——

"大学生的床呢？"

韩队上好像知道是"毛豆豆"干的。

但"毛豆豆"嘴硬，他死不承认。

韩队长说："我给你四个小时，也就是半天的时间，你必须把大学生的床给我找回来。否则，你等我给你的好看！"

还别说，韩队长那狠话一出口，没出半天，"毛豆豆"还真把我丢失的钢架床给背回来了。

原来，厂部配发给我的钢架子床，被"毛豆豆"他们几个，扛到附近一家烟酒店给换了香烟抽了。

就是那样一帮家伙，韩队长把他们交给我，让我用办学的方法，去消磨他们的业余时间。

我上课时，讲到抽油机（也叫磕头机）的冲程，告诉他们磕头机每分钟一上一下，是八到十二次。这原本是我在大学里所学的最基本的磕头机知识。没承想，到了"大尾巴狼""毛豆豆"他们嘴里，全变味了——

他们说："每分钟只有八到十二下，那不急死人嘛？"

那群家伙，想到男女事情上去了。

我讲螺栓与螺母，有动配合与静配合之分时，告诉大家螺栓与螺母间的缝隙若小于三毫米，将会拧得比较紧实，称之为静配合。如果缝隙大于三毫米，那便是动配合。就这么一点螺栓与螺母的关系，到了"大尾巴狼""毛豆豆"他们嘴里以后，立马成了他们要笑人的笑柄。

大街上，随便看到哪家小媳妇，就说是"动配合"。遇上一个年轻的小姑娘，他们就诡秘地说"静配合"。

其间，他们还把队上的青年女工，一个一个给划分出"静配合"与"动配合"。并说，某个眉眼儿俊俏的女工，表面上看是"静配合"，其实，早就是"动配合"了，等等。

那帮家伙，把我在课堂上教给他们的那点知识，全用在歪门邪道上了，并处处踢我的脚后跟——找我的差错。

我根据韩队长的指示，每天将"公勤员"提供给我的名单落到实处。要求点到谁的名字，必须站起来，让我看到，让大家都能看到是其本人才行。因为，在那之前，"毛豆豆""野骆驼"他们经常互为对方答"到"。

我给大家开出的听课条件是：你可以不听我讲课，但你不要交头接耳，影响别人听课；我允许你上课时剪指甲、抠耳屎、打瞌睡，或坐立不安，但前提是在我上课期间，你必须坐在教室里。这是韩队长交代给我的。

我给队上职工上课的那段时间里，为了吸引大家听我讲课，我除了讲那些冷冰冰的"采油树"、油气管道，我还给他们讲《三国》、讲《西游记》、讲《卖油郎独占花魁》等好听好玩的荤素故事。

这一来，"大尾巴狼"那帮家伙，还真来了精神，以至于下课以后还围着我，要听"卖油郎"的后续事儿。

应该说，我在羊儿洼油田给职工们上课时，同样也是绞尽了脑汁的。但我没有落下好。"毛豆豆"，尤其是"野骆驼"那张好斗的嘴，他蛊惑着"毛豆豆"整我的"黑材料"。说我上课时胡说八道，尽教给他们一些男欢女爱的坏事情，想以此把我赶下"讲台"，还他们礼拜天、休息日的"自由"。

那一招，原本是很厉害的，它将直接毁掉我在羊儿洼油田实习的好名声。但"野骆驼"与"毛豆豆"没有料到，当他们把我的"黑材料"整好以后，拿到"大尾巴狼"那儿去联名签字时，遭到"大尾巴狼"的反对。

"大尾巴狼"冷板着脸，当场把我那"黑材料"给撕了个稀巴烂。

"大尾巴狼"问"野骆驼"与"毛豆豆"："你们这样搞，还想不想让那个大学生走了？"

"野骆驼"与"毛豆豆"异口同声地说："想呀！"

"毛豆豆"还具体说道，那家伙不走，我们还怎么能消停下来呢！

"大尾巴狼"说："你们把大学生说得那么不好，上头还能重用他吗？上头不重用他，他是不是还要在我们小队上待着？"

"大尾巴狼"那样一问，一下子把"毛豆豆"和"野骆驼"

给问住了。

　　"大尾巴狼"说："这样，咱们不要说大学生在我们队上表现不好！咱们反过来说他……"

　　"大尾巴狼"告诉"野骆驼""毛豆豆"他们，咱们说大学生才华好，在队上讲课好，和队上干部职工的关系相处得好。

　　随后，他们把夸赞我的那些"好"，形成了文字，联名寄给总厂组织部、宣传部，并托人传递到厂长、书记的手中。

　　很快，总厂那边还真把我当个人才，一纸调令，将我从羊儿洼那个基层的不能再层的采油小队，调到厂部工作去了。

◀ 广播员

　　天快黑了，旷野两排绿莹莹的木板房，如同两道绿荫覆盖的围堰，横亘在空旷的沙土地里。它的后面，是一条绸缎般的柏油路。路不宽，油田上自行铺设的一条拉油、跑车专用道。柏油路的后面，是一片高高隆起，又弓身伏地的红色管线、黄色管线和银灰色的管线。那些不同颜色的管线，是用来输气、排油、放空的管道，在地上地下盘来绕去。乍一看，也怪壮观的！

　　那便是羊儿洼油田永清输气站。官称：永清输气队。

　　永清是个县。

　　油田上就是那样，油气井打在哪里，就以那地方的地域简称加上井站的编号来命名。譬如"羊16井""羊32井"，表明是羊儿洼油田，第16号油气井和第32号油气井。

　　永清输气站，直观地说，就是建立在永清县境内的一座输气站。

　　油井中的油与气，从地下喷涌上来时，是融合在一起的。如同黄河里奔腾的洪峰,泥沙俱下。但黄河里奔腾的洪峰是很难把泥沙与水分离开的,只有任其流入大海以后,让泥沙慢慢沉淀,并与海水逐渐交融。而地下喷涌出来的油气流,可以通过地面上人工设置的油气分离器,将油与气分离开来,并将它们引入各种不同颜色的管道。

气,就是百姓家庭用来生火煮饭的天然气。油,则是地下产出的原油,黏稠稠、黑乎乎的。但原油不能装进汽车、拖拉机里使用,要通过油罐车,或专门的输油管道,加压以后,输送到炼油厂去,提炼出柴油、汽油、飞机上使用的轻质油。剩下的油渣,也就是沥青,用于铺设马路。所以,羊儿洼油田自己铺设的那条通往永清输气站的柏油路,特别光滑、油亮。原因是,油田上有的是沥青,铺呗!

永清输气站,分厂区和生活区两部分。厂区就是柏油路后面那些弯弯曲曲,盘来绕去的各色管线,以及像粮囤子、水塔一样银亮亮的储油罐和油气分离器。柏油路前面的生活区,又分为办公区和职工宿舍区,那两排绿色的木板房,自然就是办公区,它有棱有角,很像是一间间正规的房子。而与那两排木板房相邻的东片区,一排排蒙古包,那便是职工宿舍区。

办公区内设有调度室、会计室、资料室、乒乓球室、广播室、职工食堂,都在那两排木板房内。

办公区前面,是一片漫无边际的足球场。

我说的漫无边际,是指那足球场不标准,四周没有标线,场内没有绿草地,尽是沙土。

那片空旷的场地，是永清输气站建站时，以筹建职工宿舍为由，从地方政府那里征用来的。同时规划出办公区、职工宿舍区和职工的活动场地。

输气站里，一色的年轻人，不给他们整出个活动场地来，那些荷尔蒙旺盛的年轻小伙子，非给你惹出点事端来不可。同一时期，队上还建起了图书室、阅览室、乒乓球活动室，以及跳高、跳远的"沙池"和篮球场。

只不过，当时的篮球场与足球场一样，都不正规。篮球架和足球场的球门框，全是职工们自己用废弃的输油管子焊接起来的，尽管也用白漆、蓝漆漆得像模像样，可那"球门""球框"上，连个网兜兜都没有。

就那，下了夜班的年轻职工，"轮休""倒休"闲着没事时，就在那片并无"绿茵"的空地上，纵情奔跑。

永清输气队，离北京不是太远。

上面领导来给队上职工做报告时，总是强调"我们是往首都输送天然气"。好像往首都输送天然气，就很了不得！工作岗位显得极为重要，无上光荣一样。

其实，职工们才不关心那些呢，职工们只在乎当月的奖金能发多少。至于，输气站里的天然气，是不是送到了北京去，是不是输送到了中南海，那不是工人们关心的事。

我不是输气队里的职工。

我在厂部做秘书。我到输气队去，是因为两天以后，厂部的领导要到输气队去做"奋战一百天，油气翻一番"的动员报告，让我提前两天赶往输气队，去给领导人写讲话稿。

油田上，处处以铁人王进喜为榜样，我们做秘书的，给领导人写讲话稿子，也要"硬碰硬，实打实"，现场的真实情况是怎样的，讲话材料中就要真真切切地反映出来。所以，领寻人提前两天，把我派到永清输气队去"摸底"。

现在想来，我当初的身份，有点像影视剧中的"先遣队""侦察兵"，甚至可以想象到大清朝里钦差的角色呢。

厂部派车把我送到永清输气队以后，输气队里管理后勤的小宋，根据他们队上领导人的指示，已经把队部办公区的一间小会议室给我收拾出来了，让我在那间小会议室里写材料的同时，并让我住在那间会议室里，床铺被褥都给我铺展好了。

当天，那个个头不算很高、瘦瘦筋筋的小宋，忙上忙下地领着我，厂区、生活区地转了又转，并提供给我一大堆参考材料，我于当天夜里，就把领导人的讲话稿子给写好了。

第二天上午，我又把手中的稿子顺了顺，便没有什么事情了。傍晚时，我闲着无聊，顺手摸出我包里自带的一支笛子吹起来。

大学时，我是学院文艺队的。我曾登台独自演奏过《扬鞭催马送粮忙》和《朝霞映在阳澄湖上》。

但那天傍晚，我吹的不是《扬鞭催马送粮忙》，也不是《朝霞映在阳澄湖上》。那两支曲子节奏太快了，好像不太适合我当时的心情。

印象中，那天天空灰蒙蒙的，看似要下雨，又没有雨下。北方的天气，经常是那样犹犹豫豫的模样。所以，我摸过笛子，随心吹起了日本电影《卖花姑娘》中的插曲，好像吹完了《卖花姑娘》以后，我又吹《洪湖水浪打浪》了。可就在我吹到"浪打浪"的时候，一位面如满月的姑娘，闻声从后排的木板房里走过来。

"是你呀！"

那姑娘轻盈的步伐，我没有察觉到。但她那甜美的声音，却让我惊讶了一下子。

我移笛，冲她一笑。

那姑娘是队上的广播员小梁。我刚来的时候，小宋向我介绍过她。

时值初秋，那姑娘过来看我吹笛子时，将上身绸缎一般的白衬衣，扎进粗拉拉的牛仔裤里，衣袖还高挽着，她的头发修剪得很短，跟个男孩子一样。但她身上飘着香香，与我相隔两三尺远，我都闻到了。

我不好意思与她对望。

她却直盯盯地看着我，夸赞说："好听哎——"

我自谦，说："瞎乱吹的。"

"哎，好听的。再吹。"

可那样一位浑身散发着香气的姑娘站在我跟前，我哪里好不顾她的存在，再去横笛吹曲子。

我想陪她说话。

80年代中期，厂矿企业的女广播员，算得上是文艺女青年了。那职业，不是一般女工所能做的。首先要把普通话说好。再者，企业内部的广播员，每天都要周旋在领导人身边，脸蛋呀、腰肢呀，至少要让领导人看着舒坦才行。这样说来，小梁姑娘还是佳人一个呢。

当然，厂里女职工，能在那一时期做上企业内部的广播员，大都是领导人家的亲戚，甚至是领导人家的儿媳，或是准儿媳妇之类。小梁姑娘是以什么样的背景，做上永清输气站广播员的，我不是太清楚。

我只知道，她与小宋的关系不错。

小宋那在输气队里，有点像部队里的勤务兵，啥事情都喊他去做。给队上领导擦桌子、抹椅子，打扫会议室。为领导人洗茶杯、打开水，去调度室安排车辆。有时，他还帮助食堂的大师傅敲打开饭的"轨道钟"。

"小宋，昨天的生产报表呢，找来我看看。"

"小宋，宿舍区那边，收废纸的老乡怎么进来啦！"

"小宋……"

我到永清输气队的两天里，听到人们呼喊最多的名称，就是"小宋"。

小宋这个。

小宋那个。

那种大事小事呼喊"小宋"的感觉，有点像饥饿的顽童，总是"妈妈妈妈妈妈"地喊个不停呢。

我刚来的那天上午，小宋把我介绍给小梁姑娘。小梁姑娘知道我是厂部来的秘书。但她并不知道我会吹笛子。等她闻声寻来时，却发现是我正站在门口，冲着前面空旷的足球场上吹"洪湖水"，她可能压根儿不会想到，我一个斯斯文文的厂办秘书，怎么还会吹笛子呢。

小梁姑娘以夸赞的口吻，说我："真没想到，你还会吹笛子！"

我说："吹着玩的。"

"咱俩合一个？"

乍一听她那话，我差一点没有反应过来。等我弄明白她是想唱歌，让我来给她伴奏时，我打内心里高兴了一下子。

我轻"哦"了一声，问她："合什么？"

她笑眼望着我，说："你说。"

我就刚吹了"洪湖水"，便说："洪湖水浪打浪？"

她说："行！"

说话间，我笛子往肩头一横，吹上了"过门"。

可当她起声去接我的笛音时，只唱出了一个"洪"字，她便停下了。

我的笛音也随之停下。

她向我抿嘴儿一乐，说："起高了！"

我不知道她说的"起高了"，是我的笛音起高了，还是她的唱腔起高了。

我说："重来。"

她也说："重来。"

这一次，我压住"口风"——没有用"满口风"，吹的是"半口风"。

那样，所吹出的笛音相对要低沉一点。就那，小梁姑娘还是没有与我合上音儿。

她很惋惜地摇摇头，说："顶不上去。"

我知道我的笛音太高了。

但我已经放到最低音了。

小梁可能也懂我的意思，没再要求我与她"合奏"。而是低头看了下她玉腕上的表，温温和和地跟我说："快开饭了！"

言下之意，马上就到食堂的开饭时间，不再玩了。说那话时，小梁姑娘往后退了两步，转身离去了。

我看着小梁姑娘远去的身影，心里好生遗憾！怎么就合不到一块去的呢？我心里反复问自己。

事隔不久，油田上与永清县当地民众搞联欢，地点设在永清县人民大会堂。我陪同领导前去现场观看演出时，看到小梁姑娘穿着一件玫红色的花兜兜，雪白的两只胳膊，在灯光中一摇一闪地扮演起陕北的小村姑模样来。她登台独唱的是一曲陕西民歌《赶牲灵》。

当时，舞台上一个圆柱形的灯光，一直跟踪照耀着她，如同空中喷洒雾气一样，把小梁姑娘笼罩在那团"雾气"里，梦幻一般好看。再听她的歌声——

走头头的那个骡子儿啰
三盏盏的那个灯
你若是我的那个哥哥哟
招一招你那个手

你若不是我的那个哥哥哟

走你的那个路

　　现场听到她那情意绵绵的歌声时，我更加懊悔那日傍晚，她主动要与我合奏一曲没有成功的事情来。

　　以致后来，包括我转过年，调离油田，回到地方上工作以后，回想起我在油田上的那些事儿，不由自主地又想到那天傍晚没能与小梁姑娘合奏上一曲儿，怪遗憾的。

　　其间，我也曾仔细回想过，那天与小梁姑娘没有合奏成功，也怪前面足球场上那帮踢足球的年轻人，他们把一只足球，踢到我们俩跟前了，坏了我们两个人当时的好心情。

　　回头，等我们看到一个满脸是汗的高个儿小伙子跑过来，用脚把那只足球勾走时，我和小梁姑娘同时都认出来，那是队上的团支部书记施军。

　　施军是天津团泊洼石油学校毕业的，他到队上工作快一年了，本该调到厂部生产技术科做技术员，可队上领导看那小伙子挺能干，已经向厂部建议，要把他留在永清输气站。

　　那消息，是小宋告诉我的。

　　我们那时候的大中专毕业生，分配到油田上以后，是很吃香的。譬如我从石油学院来到羊儿洼油田以后，虽说也沉至基层采油队上工作了一段时间，但很快就被抽调到厂部当秘书。施军也是那种情况，他到永清输站还不到一年，上面便要提拔重用他了。

　　小宋跟我说到施军时，也是一脸的羡慕。

小宋是油田上招工来的普通工人，但那小伙子头脑蛮灵活。他整天围候在队部的干部身边，知道的事情比较多，但他所做的琐碎事情也多。他三天两头地要往厂部送报表、领取职工们的劳保用品和各个部门下发到基层的文件材料。

我到输气队的那天，他上午帮我整理床铺，下午又到厂部去送报表，顺便他还诌了一个理由，帮我额外地领来两副白线手套，说是我下基层、跑车间调查情况时要用到。

吃晚饭时，我看到小梁姑娘一个人打了两份饭，我便问她："你怎么打来那么多馒头？"

小梁姑娘说："给小宋带的。"

那会儿，天已经黑了。小宋到厂部办事还没有回来。

但通过小梁姑娘给小宋打饭带馒头的那件事，我似乎感觉到那一对年轻人关系挺不错。甚至想到，他们是在谈对象。

我们那个时候，青年男女谈对象，如同魔术师耍魔术一样，只让你看最后的结果，中间的变术，那是不会示众的。

事后，也就是我回到厂部以后，已很少见到小梁姑娘了。但小宋我还是经常能看到，他每回到厂部来办事情时，都显得很匆忙。有时，从我门口路过，也只是与我打个手势，便闪身离去了。

当年底，小宋在一个大雪天的傍晚，忽而跑到我办公室里来，说："雪太大了，回不去了。"

小宋说的回不去了，是指当天去永清输气站的班车，因为雪天路滑，停止运营了。

也就是说，那个夜晚，小宋要在厂部这边过夜了。听话音，

别了，羊儿洼

他想在我的住处留宿。

当时，我住在厂部办公室背面的一间屋子里。我床铺的对面，团委书记老金临时支了一张床，用于他午间休息。

小宋平时到厂部来，可能看到我房间内有两张床了。我跟小宋说："你若不嫌弃，就跟我住在金书记的床上。"

小宋连声说："行行行。"

晚间，我们关灯以后，说了很多话。其间，他问我大学里所学的专业和我是怎么喜欢上文学的？还问我在大学里面谈没谈过对象。回头，我问到他与小梁姑娘是否在谈对象时，小宋沉默了半天，忽而回我一句，说："要黄！"

我问："怎么啦？"

小宋没有跟我说原因。但他向我讲了一件事情。

小宋说，有一天，小梁姑娘感冒了，躺在床上发高烧，小宋去看她。顺手摸了下她的脑门，想知道小梁高烧到什么程度，然后又去摸她的胳膊。没料想，小梁姑娘眼角滚着泪水，跟小宋说："你别摸了，那脑门、那胳膊已经被别人摸过了。"

小宋猛一愣怔，问："谁？"

小梁姑娘也没有瞒小宋，说："施军。"

当时，施军已经提拔输气队的副队长了。

小宋跟我说到那里时，他没再往下说。我也不好深问。但我知道，那时间的小宋，各方面的条件，都不能与施军相比，两个人的差别太大了。接下来，我和小宋，在那个大雪夜里是怎样入睡的，我不记得了。

转过年，准确地说是两年以后，我因为两地分居，调回地方工作了。偶尔，想起小梁姑娘，还有小宋、施军他们，写信问到当初的同事，对方给我回信，说小梁嫁给了小宋。

我很纳闷，小梁怎么嫁给了小宋的呢?

◂ 家属工

　　大全子媳妇是个家属工。

　　家属工这个称谓，是羊儿洼油田会战初期，独创出来的一个工种，清一色的职工家属，多为年轻的媳妇。

　　大全子，本名赵大全。但人们都习惯于叫他大全子。

　　大全子这个。

　　大全子那个。

　　除了工资表上还写着他的姓名"赵大全"，日常生活中，人们都是"大全子大全子"地那样叫他。

　　大全子是油田上的正式职工，他媳妇不是。但大全子媳妇挺漂亮！我第一次见到大全子媳妇时，感觉她像苏联电影《这里的黎明静悄悄》中那个高个儿女兵，头发卷卷的，个条苗苗的，尤其是她那一对大眼睛，乌亮而又略显动人，可像苏联电影中那个卷发女兵了。

　　当时，大全子媳妇在厂部机关食堂里上班。我跟在大全子身边实习时，每逢上夜班，大全子的饭盒里总会把两面焦黄的炸鱼块、炸鸡腿压得实实的，带到井站上，供我们俩人吃得嘴角油油的。

油田上跑井站的采油工，向来都是"三班倒"，队上职工习惯于说成"倒三班"。而那些"倒三班"的师傅们，个个都要有独当一面儿的能耐——要会测气压、会采油样，懂得简单的油气分离流程。像我那样"跟班"的学生，不能单独顶岗，只能跟在师傅身边做个"帮手"或说是"陪衬"。

大全子师傅知道我是新来的大学生，在基层采油队上锻炼一段时间，就会调到厂部技术科，或者是总厂的地质大队去工作。他甚至知道我未来的前程是技术员、助理工程师、工程师、总工程师。等做到总工程师，那就是厂部里领导了。所以，大全子师傅对我不但没有什么工作上的要求，反而在生活上对我照顾有加。我们俩人一起上夜班时，他每回都用一个猪腰子形的饭盒子，带好些饭菜供我们俩人享用。有两回，大全子师傅还把我们机关食堂第二天中午要吃的烤牛排、烧羊排提前带到井站上了。

想必，那是他媳妇当班时，在食堂里偷出来的。

羊儿洼油田的被服厂、毛巾厂、手套厂、线绳厂、机关食堂，还有环卫队、绿化队、菜田队，都属于厂部劳动服务公司管理。他们中的正式工，都在管理层。譬如劳动服务公司的经理、书记，以及下面各个分厂的厂长、机关食堂的司务长，都是油田上的正式工人。而再往下面的班组长，包括小区里面穿黄马甲的环卫工们，都是家属工。

家属工，虽说不是油田上的正式职工，但她们享受正式工的好些待遇，厂区公共浴池里洗澡不要钱、天然气引火煮饭不收费（油田上自产天然气），家中用电、用水，基本上也都是免费的。某种程度上讲，家属工与油田上的正式工人是一样。个别工种，如在被服厂踩机器的"缝纫工"，或是在机关食堂帮厨的"大师傅"，同样穿"制服"，倒"班次"，也挺神气呢。

家属工，来自祖国的四面八方。只不过她们都是因为自家的男人在油田上工作，才相互聚在一起的。

油田上，是一个"男人多得要命，女人少得可怜"的行业，尤其是会战初期的勘探队、钻井队，上百号人的团队中，能有三五个女职工听电话（电话员）、做报表（统计员），就已经很不错了。采油队和输油队里的女工相对要多一点，但也没有多到男女平衡的地步去。

这样说来，那些一线的钻井工、勘探工，包括采油队、输油队里的大龄男性职工就比较多，他们急需要解决个人问题。油田的团委、妇联、工会，组织大龄男青年与地方上的青年女教师，或是当地医院里的年轻护士们搞联欢，等同于当今的相亲会。同时，还出台了好些相亲择偶的优惠政策，譬如油田职工工作到一定年限；或职务升迁至中队长以上；工作中有立功表现的员工，都可以把家属带到油田上来。那种做法，有点像军队里连营以上的干部，可以让家属随军是一样的。这在六七十年代，乃至80年代中后期，可谓是一人"从油"，全家光荣。

大全子媳妇就是在那个时候，从江西上饶老家，跟随大全子来到羊儿洼油田的。现在看来，上饶那个地方，尤其是婺源一带，已经是驰名中外的风景名胜区。但在那个时候，还是一个穷山沟。大全子是在一次井上排除事故时，有立功表现，才得以把媳妇带到油田上的。

大全子很得意。

媳妇也很得意。

那个时候，一部以铁人王进喜为生活原型的电影《创业》，已经在全国各地公映，石油工人可吃香的。再加上一首《头戴铝盔走天涯》的"石油之歌"传唱大江南北，石油工人的身价倍增。全国各地的漂亮姑娘，都愿意嫁给"油郎哥"。而那些年轻貌美的媳妇来到油田以后，都不想在丈夫身边吃闲饭，她们也有两只手，也想投身于火热的石油工业当中去。这便促使油田上的领导，将那些年纪轻轻的媳妇们组织起来，去做一些力所能及的事情。

刚开始，只是让她们清扫厂区的街道、广场。时而，也挑几个年轻漂亮的媳妇，到厂部会议室去打开水、倒茶水。

后期，家属们逐渐增多，厂部便成立了后勤服务处，同时开拓出一大批第三产业，即油田上自产自销的被服厂、鞋帽厂、手套加工厂等，等到把先前那些拔杂草、捡树叶的家属们改名为家属工，同时将她们的团队更名为环卫队、绿化队时，羊儿洼油田便正式成立了劳动服务公司，专门负责管理那些家属工们。

大全子媳妇刚从老家来到油田时，是在菜田队里工作。

大全子媳妇说，她们老家靠近鄱阳湖，乍一听是个鱼米之乡。后来，人们从大全子的档案中看到，他们老家离鄱阳湖还有相当远的一段距离呢。但鄱阳湖里的水，通过一条河岔子，确实也波及他们的家乡。难怪大全子媳妇一到油田，就知道水稻要整成平板田才能插秧苗，花生、玉米要春天播下，秋天收的才好吃。如果是夏天播种的玉米、花生秋天收，时间过短，所结的玉米棒子、花生果儿，看似与春天播种的果粒儿差不多，但口感上大不一样。还有水稻，大全子媳妇说，她们老家那边推行"双季稻"，即春天插下秧苗，入夏以后成熟收割后，立马还可以再种上一茬子稻谷。这在黄河以北，或者说淮河以北，是很难做到的。

正是因为大全子媳妇夸赞她的家乡好，懂得一些农业种植的常识，她一到油田，便被分配到菜田队里工作，弄得大全子媳妇好没有面子。

大全子媳妇觉得，自己在老家那边种了几十年的庄稼，好不容易跟着大全子一朝跳出"农门"，原本是想当工人的，却被分配到菜田队，这不是从米箩中，跳回糠箩里了嘛——返回头了。

大全子媳妇在给老家那边写信时，她不说自己在菜田队工作，她说一到油田，也同大全子一样，当上了工人。她还穿着大全子的"道道服"，站在羊儿洼油田厂区大门口照了一张相，寄回江西老家，表明她此番跟着大全子来到油田以后，是多么的幸福。其实，那时大全子媳妇如同在老家一样，每天也都是和土坷垃打交道呢。

菜田队的任务，就是种菜。只不过是在温室里种菜，给蔬菜罩上塑料大棚，里面通上油井上直接通过来的天然气，不分昼夜地给蔬菜供暖，大冬天的都能看到塑料大棚里的黄瓜开花、南瓜坠秧，韭菜、菠菜、芹菜，一畦一畦绿茵茵地淹了田埂。

就那，大全子媳妇也没有在菜田地里照一张照片寄回老家。她总觉得温室里的菜田再好，也还是农民所干的行当，没有什么好炫耀的。

这也就是说，大全子媳妇很想调出菜田队，她想到被服厂去踩机器，或是到机关食堂去帮厨。即使那边的工作比菜田队里累一些，她也愿意。

当时，机关食堂的司务长，外号王大鼻子常到菜田队里来订菜。大全子媳妇一看到王大鼻子胳膊上戴着机关食堂的白套袖来了，她的眼睛就发亮。

"辣椒两筐。"

"茄子四筐。"

王大鼻子看着菜田队里的辣椒、茄子，他总是会那样一筐一筐地点。有时，他还用脚尖，指指墙根的南瓜、冬瓜，以及爬上支架的长豆角和小鳝鱼似的脆黄瓜，说："那个、那个，都摘上一些吧。"

菜田队的蔬菜送到机关食堂以后，就可以内部结账。那是劳动服务公司有意帮扶菜田队的工作呢。

所以，每回司务长王大鼻子来选菜时，菜田队这边都想让他多订一些——

"司务长，苞菜你也带上一些呗！"

"司务长，这边的玉米也熟了。"

"司务长……"

大全子媳妇长相好，嘴巴也甜，她围候在王大鼻子跟前，一

别了，羊儿洼

163

口一个"司务长"地喊呼得王大鼻子的心里好温暖。

大全子媳妇喊呼"司务长",一方面是想让王大鼻子多订一些瓜菜;另一方面是想和王大鼻子套套近乎,调到厂部机关食堂去。

其间,大全子两口子还真托到一个江西老乡,给王大鼻子递过话儿,表明大全子媳妇想往他们机关食堂里调呢。

王大鼻子本来就对大全子媳妇印象不错,再通过熟人一说,自然就更加留意起大全子媳妇,身姿呀、脸蛋呀,摘瓜、掰玉米时的灵巧劲儿呀,王大鼻子还真是看好了。但表面上他装作跟过去一样。

王大鼻子,并非他的鼻子有多么出奇的大。而是他的鼻头那儿常年红红的,也就是民间所说的酒糟鼻子,大伙儿便送他外号王大鼻子。其实,叫他"红鼻子头",才更为贴切呢。但人们偏不叫他"红鼻子头",就叫他王大鼻子。这可能与他高大的身躯很有关系。

王大鼻子的爱人,在油田地质大队工作。那是个科技含量比较高的部门,主要是研究分析地下岩层的密度与油气在岩层中的流向,包括自喷井和抽油机井的压差,以便采取注水加压等措施,来提高油气井的产量。

这就是说,王大鼻子爱人所从事的工作,是极为重要的。她在总厂那边上班,每周回家一次。王大鼻子带着两个女儿在家,又当爹又当妈地折腾了好些年。好在,眼下那两个女儿都长大了,一个读高中,一个上初二,她们都住校。王大鼻子每天都忙活在机关食堂里。每个周末与家人们团聚两天。

其间，也就是王大鼻子到菜田队里订菜期间，对大全子媳妇产生了好感后，他便向厂部劳动服务公司提出来，要把大全子媳妇调到机关食堂去工作，王大鼻子给出的理由，说起来也怪好笑呢，他说："漂亮的女人打饭香。"

言外之意，如果让大全子媳妇站在"窗口"，给职工们打饭、盛菜，保准能招引那些男性职工们的喜欢。

劳动服务公司的领导当时还跟王大鼻子开玩笑，说："你别爱上人家哟！"

王大鼻子说："拉倒吧，她一个家属工。"

好像一个家属工，就不值得他王鼻子去爱似的。当然，这里面也不排除王大鼻子爱人在厂部地质大队工作，地位比较高。

厂部劳动服务公司的领导，也只是那样跟王大鼻子开个玩笑。紧接着，大全子媳妇就从菜田队调到职工食堂去了。

这一来，大全子媳妇可高兴呢，她戴上"高靴帽"、穿上职工食堂那白大褂的当天，就给江西老家那边写信，说她调到厂部机关食堂里工作了。随后，还照了几张她在食堂大锅上炒菜、水龙头前洗菜的照片，寄给远在千里之外的父母哥嫂，以及小时候与她一起玩耍的小姐妹。

大全子媳妇属于那种不打扮就很好看，打扮起来格外好看的小女人。尤其是她那头自来卷的毛发，戴上食堂里那"高靴帽"以后，底部的毛发自然翻卷上来，俏皮而又不失优雅。美中不足的是，她鼻翼两边，有一些星星点点的小斑点，如同针尖、黄米

别了，羊儿洼

粒那样大。不过照相时看不出来，也可能她在照相之前扑了香粉与胭脂。每回职工食堂的合影照搬上画廊，包括她胸前工作牌上的那个微笑着的小照片，都看不出她脸上有斑点儿。

应该说，大全子媳妇调到厂部机关食堂上班以后，她的心情舒畅了，整个人也显得精神了许多。

过后，也就是大全子媳妇到机关食堂上班以后，夫妻俩选了一个礼拜天，趁王大鼻子爱人在家时，到王大鼻子家送了两条香烟和四瓶西凤酒。王大鼻子不肯收。王大鼻子一再说，食堂里就缺大全子媳妇那样一个人，没有什么好感谢的。

"你们快把烟酒拎回去。"

"快拎回去，别弄得影响不好！"

王大鼻子不接受。

王大鼻子爱人也连连摆手，硬是把那小两口给挡在大门外呢。

应该说，那个时候整个油田受铁人王进喜的影响很大，大家都一心扑在工作上，而且是不计时间报酬地白天黑夜忙事情。很少有接收他人财物的现象。可大全子媳妇总觉得自己能从菜田队调出来，多亏了王大鼻子的帮忙。于情于理，还是想表示一下才安心。

"你看看，这烟酒都买来了！"

大全子很是真诚地那样说。

大全子媳妇也在一边帮腔，说："司务长，一点点心意。收下吧！"

"好好好！"

王大鼻子实在不好阻了对方的面子，只收了两瓶西凤酒。其他的都让大全子夫妻俩拎回去了。

　　之前，大全子媳妇在菜田队里种菜，也有菜田队里的好处，一家人吃菜不用花钱买了。菜田队里卖剩下的菜，她们内部当作"福利"，各自分回家去吃。而到了机关食堂以后，自然就没有那样的福利了。但食堂里可以赚个嘴儿。大全子媳妇自从调到机关食堂以后，一天三顿饭，都不用在家里吃了。好多时候，她在家把饭菜给大全子做好以后，她再掐着点儿，到机关食堂去吃大锅饭。

　　大全子媳妇在机关食堂虽说没有夜班。但每周要轮一次早班。

　　轮早班，就是要赶早儿到食堂去馏馒头、熬粥。

　　每天清晨，机关食堂七点钟准时开饭。轮到谁值早班，五点半就要到岗。否则，就不能保证七点钟开饭。

　　当然，赶到七点钟开饭时，食堂里的其他工作人员基本上也都到位了，并非让轮早班的一个人去卖饭。

　　轮早班的人，也只是早到那么个把小时，把大锅的稀饭做上，头一天蒸好的馒头、包子，拾上笼屉馏馏就可以了。可在那个过程中，王大鼻子作为食堂里的司务长，他虽说没有轮早班的任务，但他爱人、孩子都不在家，他每天早晨总是会比别人到得早一些。

　　食堂的司务长，在机关食堂内部就是最高领导了。王大鼻子不做具体事情，但他事事都要过问——

　　"这馒头，拾上多长时间了？"

　　王大鼻子通过馏馒头的时间长短，就可以推算出当天早班的人，在那个清晨是否迟到呢。再者，王大鼻子还会摸过勺子，在稀粥锅里搅一搅，当场给出一个结论——

"这稀饭，稀了。"

或者说："米下多了！"

"……"

总之，王大鼻子说什么都是对的。

有时，王大鼻子还会摸过饭勺，自己搅过了，再喊呼值班的人——

"来来来，你过来，你过来自己搅搅看看。"

王大鼻子把饭勺递到对方手上时，往往是他脸上的表情很不好看的时候，也就是说，那个清晨，对方把粥锅里的米下多了，或者是下少了，惹得王大鼻子很不高兴呢。

可偏偏就有那么一回，王大鼻子在与大全子媳妇传递饭勺的时候，两个人的手合到一起了。

当时，大全子媳妇若是把她的手闪开，或是不当回事儿，继续埋头搅锅里的粥，也就啥事没有了，可她偏偏回头望了王大鼻子一眼，还笑了。那一对视，一笑，后面的事情，可就复杂了！

不久，食堂里传出风来，说王大鼻子与大全子媳妇搞到一块了。

这在那个年代，可是大事件了！

组织上，也就是劳动服务公司的经理、书记，找到王大鼻子谈话，问他是怎么与大全子媳妇勾搭在一起的？王大鼻子也没有隐瞒，直接说出两个人是在搅饭的时候，不经意间把手合到一起了。

"后来呢？"

"后来，就那个了呗。"

"那个了什么？"

"……"

组织上问得很详细。王大鼻子回答得却很含糊，他只承认了几回。其实，他们做过很多回。就那，组织上还是整理出厚厚的一沓子材料，上报到厂部以后，王大鼻子被贬到下面一个偏远的采油小队去"倒三班"，大全子媳妇被勒令调离"窗口"单位——离开食堂。

我那时候，只晓得跟着大全子师傅"倒三班"。他们家发生了那样大的事件，我仍然跟个小傻子一样，一点都没有往心里去。只感觉大全子师傅与我上夜班时，他所带的饭菜，没有先前那样可口了。其间，我听说大全子师傅在一天下班后，拿着一把菜刀，追杀了他媳妇好几条街。当时，我还认为那是他们小两口拌嘴吵架呢。后来听人家说，那是大全子师傅故意做做样子的。

大全子师傅在他媳妇出事以后，一直没有影响到他在井站上的工作，该上白班的上白班，该上夜班的上夜班。唯有组织上找他们两口子去谈话那天，大全子师傅请了半天假。

组织上决定让大全子媳妇离开机关食堂时，给了几个选项——被服厂、环卫队、绿化队，或者是回原单位。大全子媳妇拧着衣角，说她不想回菜田队。大全子现场没有和媳妇说话，但他帮媳妇选择了被服厂。

大全子心里想，被服厂里一色的家属工——全是女的。连领导都是女的。这在大全子看来，再不会有人招引他媳妇了。

但大全子师傅没有料到，他那个选择，直接影响到我们俩夜班饭的生活水平。原先的炸鸡腿、炸鱼块，再也吃不到了。好多时候，我们俩上夜班时，都是自带两个干馒头，夹一点咖啡色的萝卜条。其中有一天，大全子师傅领着我在巡井的途中，路过当地老乡的田地时，捡到几个冻地瓜，回到值班室里，大全子师傅用他那个猪腰子形的饭盒煮熟后，招呼我说：

"趁热吃吧！"

说那话时，大全子师傅已经先动了筷子。他把一块鸭黄色的地瓜瓤儿放入口中后，还卷着舌尖，哈着热气，说："好香！"

我也吃了一块，是香。

◀ 钥 匙

....

　　说是到基层锻炼一年。可我到羊儿洼油田采油队里还不到三个月，就被厂组织部抽调到总工会写材料去了。

　　我们那个时候的大学毕业生，尤其是石油院校的毕业生，走出校门以后，都要到"一线"去当工人。

　　我被临时抽调到总工会时，因为是单身汉，吃住在办公室里。

　　那段时间，别人上班我上班，别人下班，我还在"班"上。方便倒是挺方便的，尤其是早晨，我可以躺在被窝里，听到楼道里有脚步声响动了，再起床擦把脸，跟着大伙儿一起上班就行。

　　问题是，我那样吃住在办公室里，白天黑夜里没有个闲忙。同事之间，不管是谁，下班时遇到还没有处理完的事情，都会交代给我。譬如办公室里分苹果或是发电影票，与我对门的办公室主任，总是会把她没有分发完的苹果或是电影票之类，都移交给我来处理。嘱咐让我在办公室里不要走远，等着办公室的其他同志，或者是他们的家属，随便什么时候，直接到办公室来找我领取。

　　期间，那个看似与我妈妈年龄差不多大的办公室主任，还会把一串铜的、铝的钥匙交给我。告诉我那是我们办公室各个房门上的备用钥匙，放在我这里保管着，以便于大家忘记带钥匙时，找我给他们开门就可以了。

办公室主任跟我说那话时，她还当着我面儿，把我办公室的一把贴有房间号码的钥匙，从那个像小菜刀一样银亮亮的"钥匙盘"上给撸下来，放到她办公室的抽屉去。说是等我自己把房间的钥匙忘在屋里时，可以到她的办公室去取我那把备用的钥匙。

应该说，我们办公室主任所想出的那个"交叉"保管钥匙的方法，还是比较科学的。尤其是我出门忘记带钥匙时，到她的办公桌抽屉里一翻找，就可以把我的房门打开了，挺好。

但好多时候，我们主任从楼下领着客人上楼来，或是她一手拎着一个什么物件不好摸钥匙开门时，她在楼梯口那儿就开始喊我了："小相，把我的房门打开！"

要么，她在外面办事情，下班之前不打算再回到办公室里来了，便在其他地方给我打电话，让我把她办公室的房门给锁上。好像她屋子里珍藏着真金白银似的，随时都要防贼防盗呢。再者，就是我们工会会计室那个正在哺乳期的"小奶娘"，她的心思还没有完全回归到办公室的账务上，到厂部财务处报账时，总是会把她写在纸上的数据给忘在办公桌上了，打电话让我去开她的房门，跟我在电话里这样那样地去核对数据。弄得我整天神经都绷得紧紧的。

不过，让我掌管着办公室各个房门上的钥匙，也有一定的好处。譬如晚间有同学来找我玩耍，我房间的椅子不够坐，或是茶杯不够用，随手打开旁边同事的办公室，顺手就把大伙儿的椅子、茶杯给摸拉过来了。

我这里说的同学，并非是我的大学同班同学。而是指那一年与我一起分配到羊儿洼油田的各地大中专毕业生。我们天南地北地汇聚到羊儿洼时，厂组织部专门给我们集中培训了一段时间。大家熟悉以后，互称同学。再加上我是实习途中，被抽调到厂部机关的，那些还在基层锻炼的同学，都很羡慕我。他们利用"倒休"的时间，到厂部这边来办事，或是找同学老乡玩耍时，晚间看到我办公室里亮着灯，便结伴来找我玩耍。

他们向我打听厂部这边哪个处室缺人？或是到哪个部门去工作以后，上升的空间比较大一些，等等。他们都想从我这边探听点内部消息。因为，我先行一步跨进了机关，比他们在基层"倒三班"的同学，不知要好多少倍呢。

那样的话，我这边就经常有同学来。

他们一来，我办公室里就很热闹。有时，一家伙来好几个人，我嫌自己的办公室太小，干脆就把对面我们办公室主任的房门打开，请大伙儿到主任那边的沙发上就座。反正下班以后，我们主任也不到她办公室里来。我就领着大伙儿在那儿"造"呗！

回头，等大伙走了以后，我会尽快把茶杯清洗干净、桌椅恢复原样，同时将我们主任办公室内吃过的果皮、瓜子壳，以及包熟食的粗草纸儿，一并打扫干净。

可这天早晨一上班，我听主任在她办公室喊我："小相，你看见我的茶杯没有？"

我忽然想起来，头天晚上来同学喝啤酒、吃烧鸡时，我把主任的茶杯拿过来当啤酒杯子用了，再加上当晚我喝得有点高，一时间竟然忘记把主任的杯子给她送过去了。

我们主任那个茶杯，是"紫砂胆"的，外面有个紫红色的铁皮套儿，上头是一个银亮亮的茶杯盖儿。这在80年代初期，是很新潮的"紫砂杯"子了。

我们主任询问她的茶杯？我说在我这边。但我并没有马上把那茶杯送给她。当时，我正在楼道里埋头拖地呢。

回头，等我们主任到我屋里来拿茶杯时，我看她脸子拉得长长的，好像很不高兴。

随后，主任把她茶杯拿到自己办公室里以后，我看到她用暖壶里的开水，来回烫了好几遍。当时，我心里还在想，主任可真是够干净的，人家就是用了下她的茶杯，又没有传染病，她那样讲究干什么呢。

尽管我那样想，可自那以后，再有同学来，我尽量不用主任那紫砂杯子了。但她屋子里的椅子我照样搬过来让大伙儿坐，尤其是她房间里那个长沙发，原本是三个人的座位，人多时可以挤下五个人就座的。其间，一旦我这边来人多，椅子搬来拖去的不方便时，我干脆就把我们主任的房门打开，招呼大家到我们主任办公室去坐。

主任那个房间虽说与我的办公室是对门儿。但她那边是阳面儿，空间大。印象中，我们那栋办公楼内，南北两边的房间面积就如同电影中坏分子的分扬头一样——三七开。我住北面的小房间里，门后那儿支一张小床，几乎就没有什么活动空间了。而主任阳面那间办公室内，进门往里走好几步才是那个"三人沙发"，紧挨在沙发头上，是一张宽大的老板桌。就那，我们主任还在窗户跟前，养了一大堆红红绿绿的花花草草儿。

所以，我这边下班以后来同学时，尽量把他们带到主任的办公室去玩，既宽敞又体面。当然，最重要的是暖和。

立冬以后，我们办公楼里就开始供暖了。但只供白天的上班时间。一到晚间下班后，大楼里的暖气就停了。

那样的时候，我办公室的余热，很快就被北面窗户缝里鼓进来的寒风给吹走了。我曾用透明胶带把窗户缝隙都贴上，也不顶事儿。窗户上的玻璃，被寒风吹成了一面面"冰片片"，几乎是室外有多冷，我那个阴面的小房间就有多冷。而主任阳面的那间办公室内，只要门窗关得严实，晚上九十点钟以后，房间里仍然还很暖和。

我晚间看书、写材料，常到主任的办公室去。反正我手中掌管着她房门上的钥匙。只要下班以后主任不在办公室，她那间办公室就是我的了。

有一天晚上，我实习的那个采油小队上来了个同学。我把主任的房门打开以后，他看到我们主任那间屋子里的"三人沙发"像张小床，又看到我床上铺了两床招待所借来的被子，他便不想走了，说他要睡沙发，等天亮以后再赶回去上班。其间，他还把我门后的那张小铁床也给拖到主任的办公室，方便两个人晚间好说话儿。

次日一大早，那同学早早起来赶车去了，我却在那呼呼大睡，直至主任打开房门吓了一跳时，我才知道自己不仅是睡错了地方，还睡过了点儿——睡到上班时间了。

那一刻，也就是主任发现我把小床搬到她屋里过夜时，她当然是不高兴呢。尽管我很快爬起来，把我那张小床拖到我北面的小屋里了，主任还是大半天地没有搭理我。

大约一周后，我这边又来同学，我还想领他们到主任的办公室去就座时，忽然想起来，我这边的备用钥匙前几天被主任拿过去开门后，就没有再还给我。

刹那间，我似乎意识到，主任不想把她办公室的备用钥匙放在我这里了。

好在，转过年我离开油田，调回地方工作了。

十年后，我大学的同班同学在北京聚会时，我专程拐道去羊儿洼油田看望我当年的那些个同事。尤其想见见我那办公室主任，想与她说说我当初在她跟前所做的那些傻事儿。

遗憾地，我再次返回羊儿洼油田时，我那办公室主任退休回陕西老家了。新任办公室主任兼厂总工会副主席我也认识，她是我在羊儿洼时的组织部组织科的干部科科长。当时，她很不想放我回地方工作，总觉得我毕业于石院校，回到地方，专业不对口，怪可惜的。

我到厂工会拜见同事的当天，也到她办公室里站了站，双方笑呵呵地寒暄时，好像都不记得当初我调动时，在她手上磨来磨去的那些事了。

◀ 交　接

　　我去总工会报到的那天上午，新任总工会副主席的郑大姐，很是热情地握住我的手，说："你就坐在老方的办公桌上吧！"

　　郑大姐，不！她先前是文化馆的馆长。此刻，不能再叫她郑大姐，也不能叫她郑馆长了。我应该改口，叫她郑主席才是呢。

　　春节前，我在宣传部写劳模材料那会儿，郑主席还是总工会下面文化馆的馆长，我到她那里去借过几回图书。所以，此番组织上安排我到总工会上班时，我还觉得她是郑馆长、郑大姐那样亲切的。

　　不过，现在要改口叫她郑主席了。

　　郑主席的这个位置，之前有传言，都说是老方来干。可等我春节休假回来，郑馆长郑大姐提上来了，老方下去了。

　　老方下到基层一个采油大队，去做我们总工会下属的二级工会主席去了。讲起来，老方的那个位置也不错，进班子了——基层的领导班子。

老方在总工会做组织干事时，是副科级，不是副科职。而到下面采油大队去做二级工会主席，提升为副科职了，不仅是主抓工会工作，他还参与基层领导班子的分工，挺好呢。换作别人，比如我，高兴死了！

　　可临到老方头上，他反而不高兴呢。老方的目标，是我们郑主席目前的这个位置——厂部总工会的副主席。

　　我们总工会就一个副主席，主持工作。一把手主席，属于厂部领导，在常委。主席的办公地点，与厂里的党委书记、厂长们在一个办公区。

　　我说的"办公区"，是指用篱笆墙单独围起来的两排木板房。

　　我到羊儿洼油田那会，羊儿洼油田还在开发初期，用油田上内部的一句行话说，叫"会战"。

　　那个时候，不管是哪一级领导，也不问你是多大的干部，只要是参与羊儿洼油田"会战"的，一律住帐篷、睡板房，一同与职工们"会战"在开发石油的第一线。

　　我们厂部机关，坐落在一湾古河套里，借用了当地老乡一个废弃的养鸡场，将两排砖石结构的平房，隔成了一大间一大间办公室，门口挂上了白底红字的小牌子，上面标注着"财务科""生产技术科"，以及组织部、宣传部、纪委、团委、总工会等。

　　而我们机关办公区西边，紧挨着那两排平房，是机关食堂、小车班，以及我们厂长、书记、总工会主席办公的地方。

　　油田上的总工会主席，如同地方上的人大主任、政协主席一样，参与厂里重大事件的决策，政治地位可高呢。

我们总工会办公室这边有事情，都是主持日常事务的副主席，到厂长、书记办公区那边，去找一把手主席汇报。

一把手主席，很少到我们总工会办公室这边来，他很忙的。经常跟着书记、厂长跑"一线"、抓原油产量。

我们总工会办公室的工作人员，就听郑主席给我们安排工作就行。

所以，我一到总工会上班，郑主席就安排我坐在老方的办公桌上。我当即找来抹布，把老方坐了好多年的那张办公桌，以及桌上那部紫红色的电话机，擦了又擦。

其间，我发现老方坐过的那张"三抽桌"是锁着的，便问郑主席："这抽屉上的钥匙呢？"

油田上，对副职的称谓，不像军队里那样，副班长、副排长，都要把"副"字喊出来。油田上的好多副职领导，大家称呼起来，都没有那个"副"字。譬如我们的郑主席，她的任命书上明明写着"总工会的副主席"，可轮到我们大家叫起来，都叫她郑主席。再加上她本身姓"郑"，我们喊她"郑主席"，就更加顺理成章了。

我问郑主席："老方这张办公桌上的钥匙呢？"

郑主席往我这边张了两眼，似乎是看到抽屉的"锁鼻"子上，并排挂着两把冷冰冰的锁头，便自言自语地说："在老方那儿吧？"

这也就是说，我到总工会来接替老方的工作，老方还没有跟我工作上的交接呢。

工会的组织干事职责是什么？我下一步该如何开展工作？这对于我一个新来的大学生来说，实在是丈二和尚摸不着脑瓜子。

别了，羊儿洼

但我知道，老方在总工会副主席这个位置竞争上，他没有弄过我们现在的郑主席，心里面一定是不舒服的。所以，他在离开总工会之前，没有和任何人打招呼，直接就到下面采油大队报到去了。可总工会这边的公章，还在他手上。

我问郑主席："怎么办？"

郑主席看到老方办公室桌上的那两把冷冰冰的锁头（其中有一把锁头，叠加着两个抽屉的锁鼻子），可能想到老方的办公桌内，还锁着他个人的一些东西，便跟我说："再等等吧！"

我能明白郑主席那话里的意思，是想等老方，哪天亲自来交接工作。同时，我也能明白老方为什么不及时来与我交接工作。

老方是咽不下那口气呀！

在老方看来，如果没有郑主席顶他那个"窝子"，他现在应该是我们总工会的副主席。老方在总工会好多年了，方方面面的工作他都很熟悉，人脉关系也都很通畅。

在此之前，也就是郑主席还在下面做文化馆馆长期间，厂部总工会副主席的位置空缺过一段时间。而在那段时间里，老方一直主持着总工会的日常工作。

所以，那段时间里，外面有传闻，都说老方将是下一步的总工会副主席。

可谁又能料到，春节期间，机关人事变动。不仅我自己想留在宣传部没有留成，老方想做总工会副主席的愿望，也没有实现，反而被老方曾经领导过的文化馆馆长郑大姐，给捷足先登了。

那样的话，再把老方留在总工会做组织干事，对于新上任的郑主席来说，显然就不太好开展工作了。所以，组织上把老方调走的同时，又将我给安插到总工会去了。

应该说，老方到基层去的那个位置，也是不错的。如果是换个年轻人去做那个二级工会的主席，具有很大的晋升空间，能做上基层的工会主席，下一步，极有可能升任基层的党委书记，或大队长呢。但对于年过半百的老方来说，吸引力就不大了，他的年龄在那儿摆着。不少人预测，老方那个二级工会的主席，极有可能是他仕途的最后一站了。

所以，老方到基层去的积极性不高！他甚至想，煮熟的鸭子，为什么又飞了呢。

老方的梦想，就是在总工会做副主席，可偏偏在关键的时候，另易他人了。而且是他以前的下属。老方很难接受眼前的事实！

那也没有办法，组织部的一纸调令下来，老方只有捏着鼻子走人。他原先的那摊子工作，郑主席让我全盘接下来。

外人说，郑主席"逼"走了老方，让我一个新来的学生捡了"漏"儿。我倒没有觉得总工会的组织干事有多好！我还是想在宣传部写材料。我觉得读书、写文章，才是我的喜好。

在外人看来，总工会组织干事那个职位，可是很显赫的。可以说，在总工会办公室内，除了主持工作的副主席，就是组织干事了。因为，组织干事不仅掌管着总工会的公章，还肩负着考察、提名二级工会主席的权力呢，包括总工会下属的文化馆、图书馆、俱乐部等主要负责人的职务晋升，都要先通过组织干事去考察。挺吃香的一个职位了！

我一个当年毕业的大学生，在基层采油队锻炼了不到半年，借调到宣传部写了几天材料，就拥有了老方为之奋斗了好多年的一个职务，了得！

所以，我到厂部总工会工作以后，尤其是在郑主席的鼓舞下，说我未来的前途呀、事业呀，是如何如何的辉煌！那个原本还留恋宣传部的我，被郑主席那么一鼓劲儿，我的工作热情还真是一天比一天高涨呢！

我给老方打电话，问他哪天能来厂部指导我的工作——交接。

老方在电话中，听出我是接替他工作的那位新来的大学生，含含糊糊地说，他有时间就过来。

我一听老方那没有具体日期的回话，当时就跟郑主席汇报了。

郑主席面无表情地看着我，手中的自来水笔，很是娴熟地在她的中指与食指之间转了两圈，说："这样吧，过几天我们召开全厂工会干部座谈会。到时候，你盯住方主席，让他跟你把工作交接一下。"

郑主席说的"交接"，自然包含老方抽屉上的钥匙及我们总工会的公章，还有老方之前掌握的一些二级工会干部的晋升材料。尤其是总工会的公章，事关厂内职工调出以后，我这个组织干事要给人家开"转会关系"呢。所以，我比较急于老方与我进行工作上的交接。

老方呢，他离开我们总工会以后，如同被总工会这边的人给排挤走了一样，再不想回到总工会来不说，连我们总工会这边召开全厂工会干部座谈会，他都没有亲自来。

郑主席上任后的那次"座谈会"，说是"见面会"，其实是郑主席的"就职演说会"。因为，在那次会上，郑主席把她下一步的工作计划与想法，都说给大家了。好多基层的工会主席，都带着小本子来记了，个别同志还作了现场表态发言。很重要的一个会议了。老方竟然没有来参加，他让下面办公室一个资料员，来代他参加了会议。

可见，老方根本没有把我们郑主席当回事。

郑主席心里很不舒服！于当天散会后，就让我给老方打电话，通知他尽快过来办理交接手续。并说几位基层的工会主席，都把本单位要"转会"的人员表格，递交到总工会来了。郑主席以此为理由，催促我尽快办理的同时，也是在催促老方。

我再次打电话给老方，跟他说了这边急需要他交接，急需要使用公章。

老方口头上答应："好好好！"

可我们左等他不来，右等他还是不来。

转天，也就是郑主席的"就职演说"形成文件以后，要下达到各基层工会去参照执行时，需要加盖本单位公章。打电话到老方"下沉"的那家采油大队。

对方办公室的同志接电话后，我这边都听到接电话的人喊老方了——

"方主席，电话！"

"哪里的？"

"总工会！"

"说我不在。"

……

放下电话，我如实向郑主席汇报了我电话中听到的对方对话。

郑主席看着桌子上一大堆文件，脸色一沉、再沉，说："撬抽屉！"

郑主席所说的"撬抽屉"，就是要把方主席那张办公桌上两把锁头给拧开。

那是总工会的办公桌，同时也是方主席的私人空间。那里面，除了有总工会的公章，就是方主席的私人物件。

但没有办法，这边急需要用公章，我找来起子，还在犹豫撬不撬锁头时，郑主席却态度很坚定地指示我："撬！"

我这才去动方主席的锁头。

殊不知，方主席那锁头是挂在锁鼻子上的，根本就没有锁。拉开抽屉以后，一个抽屉里放着公章，另一个抽屉里用一个铁夹子，夹住总工会连续几年的台账，尤其是会费的收支情况，一笔一笔，都清清楚楚地写在那儿了。

这也就是说，老方在我与郑主席到总工会任职之前，他已经把自己要交接的事项，都一项一项放在抽屉里了。

◀ 插　销

　　我到总工会上班的当年秋天，原本是一片砖头压油粘的羊儿
洼油田生活区与办公室区内，建起了一栋威威武武的职工宿舍楼。
这在风沙四起的旷野里，在羊儿洼那片砖头压油粘的木板房宿舍
区里，真可谓是鹤立鸡群呢。

　　那栋职工宿舍楼，四层子，坐南朝北。正门对着门前一条打
西面大马路上拐进厂区的柏油路。

　　拐进厂区的柏油路，是油田上自己铺设的，路基铺好以后，
碾轧机的大铁滚子在上面来回滚过几遍，附近炼油厂里拉来沥青，
往上面一铺，就与当今城里人走的柏油路一样了。

　　但是，我们油田上自己铺设的那段柏油路，沥青铺得太厚，
或者说是沥青质量太好、太黏稠了。正午的太阳一烤，车辆或行
人走在上面，总是会"呱吱呱吱"地粘连呢。

　　与那栋四层宿舍楼一路之隔的，是一片空旷的土凹子地。不
用问，那里就是准备建办公大楼的场所。

而负责我们厂区基建工作的一位副厂长，考虑到接下来建办公大楼的图纸无处摆放，便与厂里主要领导通融了一下，临时把那栋刚刚建好的职工宿舍楼，改为厂部机关的办公楼，让靠近厂区的那家采油小队的职工，再耐心等一等，等到厂区办公大楼建好以后，再把宿舍楼让给他们。

羊儿洼油田"会战"初期，厂里各级领导每天都在抓油井开工、盯原油产量，顾不上建大楼的事。好不容易建起一栋职工宿舍楼，又被总厂机关给占用了。

我们机关的同志可高兴呢！

终于告别了四面透风的木板房，欢天喜地地搬进那栋宿舍楼。

按照厂长办公室的统一分配：一楼是指挥一线生产的调度室、基建科、技术科和负责向地方征用土地的农工部；二楼是厂长、书记、组织部长、纪委书记，还有我们总工会的主席办公的地方。厂领导都是阳面办公，阴面对应着留一间房，给他们支床铺休息；三楼是财务科、审计科、计划生育办公室；四楼是组织部、宣传部、团委、妇联，还有我们总工会办公室。

那个时候油田机关搬家，不像现在，打个电话给搬家公司，人家来几个棒小伙子，桌子、椅子、柜子，都给你扛到楼上去了。我们那会儿搬家，全是"大庆精神"鼓舞着我们——自力更生，艰苦奋斗。没有条件，创造条件也要上呢。

我记得总工会的桌子、椅子都好搬，就是会计室那个保险柜，四五百斤重，可费事呢。我们土法上马，找来两根木棍，如同铺设火车轨道一样，平行搭在楼梯上当滑梯，用绳索绑好保险柜以后，五六个人，喊着"一二三"，愣是把那个大铁家伙给弄到四楼上去了。

那栋临时用来办公的宿舍楼，如同我在大学里读书时的宿舍楼一样，大楼中间留通道，通道两边，是门对门的房间。尽管南北面的窗户都是一样大的，但是靠南面的房间朝阳，冬天要暖和很多。

我们搬家那会儿，是秋天，明显感觉到南面的房间好。但那样的房间，与我这个组织干事无关，都分给了各个科室的负责人与财务室了（财会人员写账本，需要在一个暖和的房间里）。譬如我们总工会的郑主席，她的办公室虽然与我的办公室是门对门，但她那间办公室是朝阳的，采光好、亮堂！

我坐在北面一间办公室里。那就不行了，背阴！终日见不到太阳。再加上北方的秋天，一天比一天寒冷，我心里可不是个事儿。

我很羡慕郑主席那个朝阳的房间了。尤其是夜间，我一个人住在北面的房间里，窗户上的风，"呜呜"地鼓进来时，我一阵一阵地发冷！

那样的夜晚，我就想：我若是在阳面办公，晚间住在郑主席那样的房间里，该多好呀！

我那时间，大学刚毕业，对机关、对社会，都不知道水深水浅。用现在的话说，是"小白鼠"一个，把什么都看得很美好。

后来，我才知道，郑主席的那间办公室，是根据她的级别来的，官称是"政治待遇"。所以，我那种异想天开的想法，是极为幼稚的，甚至是非常好笑呢！

老实说，我当时正在谈恋爱。我的很多幼稚想法，都是为我女朋友着想的。

因为，我女朋友说她寒假里，要来羊儿洼油田看我。所以，我做梦都在想，我能与郑主席的办公室对调一下就好了！反正她晚间也不住在办公室里。

可回到现实中的我，想到寒假里女朋友要来，我有意无意地开始为她做准备了——

首先，我买了一个鸭蛋圆的小镜子，掌心那么大，两面都是镜面，很难辨出正反面，不过其中一面，是很正常的镜子；而另一面，能把人的脸照得很"胖"。我自己很少照镜子，不懂得当时的镜子怎么还可以那样。但我觉得女朋友来了以后，我的房间里，不！是我的办公室内，必须有那样一面小镜子。

当时，我吃住在办公室里，靠北窗摆一张办公桌，依墙是两个连体的文件柜，门后支一张单人床。那就是我在羊儿洼油田的全部家当。

那张单人床，是油田上配备给我的，是一张铁架子床，一拆一卸，就剩下一个床板和两根带挂钩的角铁及两个铁框子床头，靠墙支在门后，来我办公室办事的人，正好可以当沙发坐。

我的洗漱用具也很简单，牙刷、牙膏，还有我去食堂打饭的一个铝制饭盒子，都放在一个带锁的文件柜子里。我得知女朋友要来时，那里面又多了一些物件儿，譬如那面小镜子。

那会儿，我就觉得女人是离不开镜子的。

印象中，我在大学里读书时，有一天晚自习时，我夹着书本路过女生宿舍，看到我们班上一位女生，对着窗户照镜子时的样子，我还不由自主地放慢脚步呢。

当时，那女生站在窗前的灯光里，她看不到窗外的我，我在楼下却看到她是怎样把头发理在镜子前，一抖一抖呢。想必，那女生当时刚洗过头，她歪着脑袋，在那理弄头发，一会儿把头偏向左边，一会儿又偏向右边，而且是左边抖几下头发，又往右边抖几下。可不管她怎样抖头发，她的眼睛始终都是盯着窗台上的镜子。

也就从那时起，我似乎悟出来，女人是离不开镜子的。所以，我女朋友要来时，我先买了一个小镜子。伴随着那个小镜子，我还买了一把小梳子，一双女式的拖鞋，粉红色的。还有女朋友用的茶杯子以及简易的漱口杯子，牙具等。

那一切买来以后，我都放在文件柜子里，外人若是不去翻弄我的文件柜子，他们是察觉不到的。办公室的人甚至不会知道我为女友的到来，已经准备了好些零零碎碎的物件儿。

问题是，我还做了一件事，把我们办公室的人都给惊艳住了——我在门后，悄悄地拧上了一副外面人打不开的内插销。

那种老式的房门内插销，黑色的，门框边口那儿用螺钉拧上一个"n"型的插销鼻子，门上固定好推拉拴，屋内的人开门、插门，都很方便，它的作用是控制外面的人随便进来。

我安装那个插销的目的，自然是为女朋友的到来准备的。否则，我居住的那间房子，是总工会的办公室，郑主席那边，还有我们会计那边都有我房门上的钥匙。因为，总工会的公章在我的抽屉里，我不在办公室时，她们随时都可以开门进来盖公章的。

再者，我是负责总工会组织工作的，好多人事变动的意向，基层工会干部到上面来办事情时，在郑主席那边坐过了，也会到我的办公室再来坐坐。我那间既可以办公，又是我个人住宿的办公室，平常上班时，就跟个乡间大车店似的，人来人往呢。

眼下，寒假临近。我女朋友要来了，我们怎么也得有一点"隐私"才是呢。

所以，我在办公室的房门里面，悄悄地拧上了一把内插销。目的，就是不想让外人随便进我的房间。尤其是我和女朋友在房间里的时候。

刚开始，外人没有留意到我在房门上安装了"内锁"。因为，正常办公时间，我的房门是敞着的，那个内插销装在门后，外人很难看得到。

可有一天，我们办公室刚生过小孩的那个女会计，到我办公室来盖章时，窗口的一股风，"吱——嗒！"一声，把房门给关上了。

当时，我还脸红了一下子呢。因为，房门一关上，办公室里就我和那个女会计两个人，怪难为情的！尤其是那女会计正在哺乳期，一对鼓挺挺的水奶子，就跟一对小山包似的，把她胸前的羊毛衫顶得老高，我的眼睛都不敢往她那儿高处看呢！

回头，等她盖好公章，打开我的房门往外走时，她一下子便看到我门后的黑色插销了。

"呀——"

那女会计，孩子都生过了，自然也是恋爱过来的人，她啥不懂呀！但她看到我那内插销以后，什么都没有说，只是那么"呀"了一声，便抿着嘴儿，笑着走开了。

　　随后，我们总工会办公室的人，都知道我的房门后面安装了内插销，一个个到我办公室说事、说闲话时，有意无意间，都会往我门后看一看。弄得我可难为情呢！

　　更令我难为情的是，我旁边宣传部那边，之前与我一起写材料、上厕所时偷拍我屁股的王晓明，知道我房门后面安装上内插销，有事没事地就跑过来，"唏哗唏哗"拉动二下，二话不说，冲我鬼笑一下，转身就走。

　　有两回，王晓明手里拿着材料，从我办公室门前都走过去了，他又返回来，故意把我的房门拉至半开半合的样子，"唏哗唏哗"拉动两下内插销，引起我的注意以后，冲我打一个指响，走了。

　　其间，郑主席也知道我房门上安装了内插销，但郑主席没有去过问那些，她只是在一天上班时，轻描淡写地问了我一句："小相，谈女朋友啦？"

　　我笑笑，没有瞒郑主席，告诉她最近我女朋友就要过来。

　　郑主席惊讶一下，说："呀！那好呀！"随笑笑，叮嘱我："好好相处！"

　　过了几天，我女朋友真要来的时候，她写信告诉我所乘坐的那趟列车，我算了一下，是天亮以后，才能到达我们羊儿洼附近的那座火车站。

　　当时，我还想，她若是半夜来，我去火车站把她接过来，插上房门上那个内插销，那该多好呢！

但我没有料到，我女朋友来的那天夜里，她临时把慢车改成了快车，果真是赶到凌晨二点多，就到达我们说好的那家火车站了。

但我这边不知道呀，那是 80 年代中后期，不像现在这样，人人都有手机，随便一拨打就互相知道了。但那时候不行，她提前到了以后，就在车站里等我。

我这边可好，大半夜地睡不着，干脆骑车赶到火车站附近，计算着那趟火车，还要等到八、九点钟太阳升起来以后才能到达，我傻巴拉儿地还在站前广场那儿瞎转悠了大半天。看到一家小旅馆里亮着灯，我还在那胡想，若是女朋友现在赶过来，我们先在这里开个临时房间，休息一下就好啦！

当时，天还黑乎乎的。

殊不知，我女朋友那时正在候车室里等我。

回头，等天亮以后，我赶到候车室时，老远听到一个熟悉的声音喊我。

我顺声望去，呀！我女朋友早就等在那儿了。等我得知她半夜就到了时，我后悔得直拧脖子。

当日半晌，我把女朋友带到我们总工会办公室时，基层几位找我盖章、办事的工会干部，正在郑主席的办公室里说话、聊天等着我。

我领上女朋友各个办公室串了串。然后，我们就期待着中午下班，期待着大家下班以后都走，就剩下我和我女朋友两个人。

可临近中午时，郑主席想到我女朋友是第一次来，便招呼全科室的人，一起陪着我们俩去小街口那里下馆子。算是为我女朋友接风洗尘。

其间，饭局进行到一半时，郑主席发话，给我一个星期的假，让我带着女朋友到北京、天津去玩玩。

我们羊儿洼油田离北京、天津都不是太远。

我女朋友一听，当时就扯我衣角，说："咱们下午就走！"她觉得我住在办公室里，人多眼杂，做什么都不方便。

我捏了下女朋友的手，算是答应了她。

于是，当天下午，我便带上女朋友到了北京。随后，我们又去唐山、秦皇岛走了一圈。

回头来，路过天津时，我还想带她到我们羊儿洼油田玩几天，她说我那办公室里不好玩，没法居住，就在天津火车站买了一张回程的车票，提前回苏北老家了。

转过年，我们结婚以后，因为两地分居的原因，组织上出面，帮我从羊儿洼油田，调回地方党政机关工作了。而我安装在办公室门后的那个内插销，还有那个"两面镜"、小梳子之类，我爱人一件都没有用上。

不过，那栋大楼是职工宿舍楼。后期，羊儿洼油田的办公大楼正式建成以后，我所居住的那个房间，还给了"一线"采油工人居住。没准儿，真有年轻的采油工们，能用上我那个内插销呢！

◄ 毛 蕊

　　刚开始，毛蕊好像在文化站，还是图书馆那边上班。后来，厂里成立有线电视台，让她担任《厂区新闻》主播，也就是新闻主持人。她的人事关系才正式转到部里来。

　　厂里的"有线台"隶属于宣传部。但他们"有线台"的那几个人不在部里上班，另外给他们找了几间房子，弄了个演播室。每周一三五晚间，中央电视台晚七点的《新闻联播》之前，开播十几分钟的《厂区新闻》。

　　那个时候，家家户户正吃晚饭，打开电视，恰好是毛蕊主播的《厂区新闻》，也怪好看的。因为，《厂区新闻》中，说的都是本厂领导开会、讲话的事情。再加上毛蕊就是咱们身边的人，在电视里看到她，那种感觉还是不一样！

　　只是开始两期没有弄好，毛蕊没有化妆，播放出来的图像，不是脸色发暗，就是脸色苍白。再就是她低头看稿纸的时间太长，跟领导在大会上宣读上级什么文件似的，太呆板了。

后来，厂里花钱把他们几个搞电视的人，送到中央电视台去学习了一段时间。回来以后，他们几个再做出来的节目，效果就大不一样了。

我们油田开播自己的电视新闻比较早。时间大概在一九八五年前后。当时，我们国家好多地市级城市都没有电视台。但我们油田有了。油田有钱，干什么事情都是前卫的。

我认识毛蕊时，她可能刚从中央电视台学习回来，打扮得可洋气呢！剪了个齐耳短发，穿一身运动装。晚间电视里出镜时，跟中央电视台主持人的着装差不多。原本皮肤不是太白的毛蕊，化妆以后，冷炽光打到她脸上，瞬间换了个人似的，小脸雪白，可好看。

期间，部里领导还让毛蕊兼管办公室的报刊杂志。原因是她在图书馆、文化站那边做过那方面的工作，有一定的工作经验。这就是说，毛蕊除了一三五播放《厂区新闻》外，她还兼管着宣传部的图书资料呢。不过，那项工作不是硬性的，她随便什么时候到部里来，整理一下散乱的图书、文件啥的都行。

我头一回见到毛蕊，是在一天晚饭后。当时，厂部机关几个单身汉，聚集在我们工会办公室看电视。毛蕊抱着个一岁大点的孩子也过来了。

毛蕊没有我的年岁大，她中技毕业以后就上班了。且很快在油田成了家。先生就在我们厂团委工作，爱好摄影，与老金他们在一起。她的小家，同样是一间木板房，紧靠在我们厂部办公区旁边。每天晚饭以后，我们机关里的年轻人聚集在一起玩耍，她也会跟过来凑热闹。

印象中，当晚电视里正在播放一个女歌手唱歌。那女歌手穿了一袭紫莹莹的旗袍，大家听她唱歌的同时，也在欣赏她曼妙的舞姿。我看那女歌手旗袍开衩怪靠上的，便跟旁边一位同事开玩笑，说："那衩口，再往上开一点就好了！"我那意思是说，再往上开一点，就更加性感了。

没料到，我这边一语未了，就听身后："哎哟，妈来！"一声嘘唤。

回头一看，是毛蕊。她听我们几个人在调侃，抱着孩子，笑盈盈地走开了。

当时，我不知道她是笑我花心，还是不想听我们几个大男人在那插科打诨。总之，她是抱着孩子走了。

我那时刚从基层采油队抽调到厂部机关来。毛蕊可能知道我。但我并不了解她。可接下来，我们因为工作的关系，很快也就熟了。

毛蕊本身也爱好文学。她知道我写小说。时而，还把她写的小稿子拿过来给我看呢。她曾在一篇文章中剖析女人与男人之间的心理时说："有一种女人，男人看到后，立马就会产生想与她上床的感觉。而有一种女人，即使天天混在男子堆里，男人们对她都不会产生什么感觉。"我很惊讶她作为一个女人，怎么那么了解咱们男人的心思的？我甚至认为，毛蕊本人就属于她剖析的前一种女人。

期间，我的一位大学同学旅游结婚到我这里，他对毛蕊评价以后，更加证实了我的感觉。

当天，毛蕊不知道是因为什么事情，到我办公室来找我。正好被我那同学看到。

回头，毛蕊走后，同学问我："这人是干啥的？"

我没说她是宣传部管理报刊资料的，我说她是我们油田电视台的主播。

我同学嘘叹一声，说："难怪了！"随之，他又跟了一句，说："我若是做了皇上，娶上那女人，也绝不再去纳妃了。"

我说："你拉倒吧！"我没好说他自个儿身边带着老婆，还在那吃着碗里的，想着锅里的。我告诉他："人家名花有主啦，对象就在我们厂团委呐。"

我同学没再说啥，只是感叹了一句，说："幸福！"他可能是说，毛蕊的老公娶上毛蕊，真是幸福呀！

其实，毛蕊并没有多么漂亮的。她主播《厂区新闻》时，要往脸上抹好多粉，还要点胭脂，眉毛画得跟柳叶儿一样呢。但她的气质确实不错，随便往人堆里一站，总能让人感觉到她。毛蕊不是咱们汉族人，她可能是满族人，还是蒙古族人，骨子里自带着一种高贵的气质。

当年中秋，我们团委组织去北京石花洞游玩。途中，我与毛蕊坐在一起，我跟她讲了我小时候，家里穷得吃不上月饼。她很是惊讶地瞪大眼睛，问我："真的？"

我说："真的。"

我还具体讲到，临到中秋节时，家里用麦子换了几块月饼后，母亲要带上去舅家，只在包装纸上捡了点月饼皮，捏到我的口中。

毛蕊听了，愣愣地看了我半天没有吭声。

想必，她的童年比我富裕得多，幸福得多！也就从那时起，我感觉到她的出身是高贵的，起码比我高贵。她所见到的世面可能也比我广阔。总之，不知不觉间，毛蕊在我心中，占据了很高的位置。再加上她先生与我们机关里几个年轻人整天耍在一起，我与他们一家相处得都不错。尤其是毛蕊，她与机关里的女伴们玩耍得不多，反而与我们几个年轻小伙子耍得可火热。我们大家都喜欢她。她随便穿什么衣服都很得体，哪怕是披件黄大衣在身上，都是名角儿在候场时的范儿。时而，她还会把自己打扮得跟男士一样。

有一天傍黑，她到我们机关浴池去洗澡，看门的大爷把她给拦住了。

当天刮大风，她穿运动装，还把衣帽兜儿罩到了头上。看门的大爷先是辨不清她是男是女。等把她弄明白是位女士时，又提出来跟她要澡票。

毛蕊说："本厂的，你跟我要什么澡票？"

"本厂的？工作证呢？"

毛蕊说："我忘记带了。"

那大爷摆摆手，示意不行。

当时，我们机关澡堂，对本厂职工是免费开放的。同时，对机关家属和在我们厂区干活的农民工发放部分澡票。目的是限制外来闲杂人员到我们机关澡堂来洗澡。

而看浴池的那位大爷，原本是油田上的老职工，他没啥文化，但执行起厂里的规章制度来，那可叫一个认真。但凡是他辨不出是不是本厂职工的，你必须出示《工作证》，或是拿澡票来。

毛蕊既没有拿《工作证》，也没有澡票。

那大爷当然不让她进。

可巧的是，此时电视中刚好在播放《厂区新闻》，毛蕊忙指着电视里的自己，对那大爷说："你看，你看，那电视上播音的就是我！"

毛蕊那话里的意思，并非想显摆自己，她就是想通过电视里的自己，证实她是本厂职工，以便放行她到浴池里去洗澡。

那大爷可好，他先是猫下腰，仔细看了看电视里的毛蕊，再回过头看看站在他跟前的毛蕊，嘴巴一撇，说："你扯什么扯！"言下之意，人家电视上那女人多漂亮！你看你，穿得不男不女的那个样子，哄骗谁呀？

当然，后面这话，那大爷没有说出口，而是他在心里那样想的。

那件事，对毛蕊的刺激挺大的。以后再出门时，她尽可能地把自己打扮一下。这也正是我那同学看到打扮好看的毛蕊后，愣是说出自己做了皇帝，娶她毛蕊也不亏的话来。

我与毛蕊相处的时间不长。转过年，我从油田要调回地方时，毛蕊两口子先是送我一套酒具，上书李白的一句古诗"莫使金樽空对月"。私下里，毛蕊又专程跑到县城，买了一本《古代散文鉴赏辞典》赠给我。其后，我们一直都有书信来往。

某一年，她到山东曲阜旅游，给我发短信，说她离我很近。

我看到她那条信息后，怦然心动！立马给她回复说：是很近。

我一再邀请她顺道拐过来玩。

　　她没来。